唐时明月

——唐朝诗人故事

◎马宝山 著

远方出版社

图书在版编目（CIP）数据

唐时明月：唐朝诗人故事 / 马宝山著. -- 呼和浩
特：远方出版社，2023.12
ISBN 978-7-5555-1769-6

Ⅰ. ①唐… Ⅱ. ①马… Ⅲ. ①小小说—小说集—中国—
当代 Ⅳ. ① I247.82

中国国家版本馆 CIP 数据核字（2023）第 239001 号

唐时明月——唐朝诗人故事

TANG SHI MINGYUE——TANGCHAO SHIREN GUSHI

著　　者	马宝山	
责任编辑	孟繁龙　白秉鑫	
封面设计	曹可馨	
版式设计	韩　芳	
出版发行	远方出版社	
社　　址	呼和浩特市乌兰察布东路 666 号　邮编 010010	
电　　话	（0471）2236473 总编室　2236460 发行部	
经　　销	新华书店	
印　　刷	内蒙古爱信达教育印务有限责任公司	
开　　本	880 毫米 × 1230 毫米　1/32	
字　　数	163 千	
印　　张	8.375	
版　　次	2023 年 12 月第 1 版	
印　　次	2023 年 12 月第 1 次印刷	
标准书号	ISBN 978-7-5555-1769-6	
定　　价	40.00 元	

目录

1

1 清　风

一个文弱学士，直言敢谏。

天启元年（558年），虞世南出生于赵州余姚。其祖、父几代为官，具有重名。

虞世南四岁那年，他的父亲就去世了。家贫，舍寒，虞世南营养不良，身材瘦弱的他竟然撑不起一身孝服。此事史籍上记载说"哀毁殆不胜丧"。虞世南身体瘦小羸弱，家人很是忧虑：这个孩子将来怎会荣耀虞氏显赫家族啊？

虞世南七岁那年，他被过继给了没有子嗣的叔父虞寄为子，亦取字伯施。

虞世南沉静寡欲，执着向学,在吴郡学习十年，经、史、诗、书样样通透。成年后历仕陈、隋二代，隋文帝和隋炀帝父子看重其才华，官拜秘书郎、起居舍人。虞世南做了隋炀帝的秘书郎，常常议论时弊，在朝堂上谏言，惹得隋炀帝不高兴，就对他说："我性不喜谏，若位望通显而谏以求名，弥所不耐。至于卑贱之士，虽少宽假。然卒不置之于地上。"这里隋炀帝就把话挑明了告诉虞世南，你这样没有地位声望的小人物，想用谏言沽名钓誉，我是会稍做处罚的，绝不提拔重用。

"告辞。"虞世南轻轻一笑，"施为明主谏言而来的，主不纳谏，我在这里就没有什么可做的了。"说罢像一阵风一样走了。

隋炀帝因为好大喜功，急功近利，听不得劝谏，我行我素，很快就走到失败的路上去了。

虞世南经过多年的纷乱，直到六十四岁才遇李世民"一展平生抱负"，迎来了他繁花似锦的晚春。李世民正式成为大唐皇帝后，信任、重用虞世南，让他做了弘文馆学士，成为"十八学士"之一，与房玄龄等朝臣一起掌管文翰。唐太宗还在凌烟阁为二十四位功臣绘像，史称"凌烟阁二十四功臣"，虞世南位列其中。那时候他的职位并不高，爵位也很低。

此时，虞世南已经是六十九岁的老人了。

虞世南性子直，有话就要说的性格是改不了的。一次唐太宗写了一首诗，让虞世南和诗。他不但不和诗，还怼皇上说："圣作诚工，然体非雅正。上之所好，下必有甚者。臣恐此诗一传，天下风靡，不敢奉诏。"弄得皇上不知道说什么好了。唐太宗走出殿堂为自己解嘲说："听说隋炀帝不让虞世南讲真话，朕却让他直言怼朕。让天下人知道，一个圣明的君主是怎样的虚怀若谷啊！"

唐太宗还拿出五十匹帛赏赐虞世南。

虞世南直言进谏真是胆大妄为了。贞观八年（634年），陇右山崩，蛇鼠出没。唐太宗疑为不祥之兆，问各位臣工可是"天变"。大家哪里敢言，都支支吾吾不作声，只有虞世南站出来说："臣闻天时不如地利，地利不如人和，若德义不修，虽获麟凤终是无补；但政事无阙，虽有灾星何损于时？"

虞世南问得唐太宗哑口无言。唐太宗注目一个个臣工，想着他们能站出来为他解围说几句。但不等有人站出来说话，虞世南就开始指责唐太宗："然陛下勿以功高古人，以自矜伐，勿以太平渐而自骄怠，慎终如始。"

那时候，刚刚坐上皇位的唐太宗，心纳谏言，脸上满满的笑容，接受虞世南的意见。赈济灾民，复查诉讼，宽行赦免，百姓欢呼雀跃很是高兴了几年。

贞观九年（635年），唐高祖李渊驾崩。唐太宗下诏为老皇上大建陵寝，其规模仿照汉高祖刘邦之长陵，务从隆重。凌烟阁各位功臣没有一个人敢出面劝说皇上，唯有级别最低的虞世南站出来谏阻说："修筑高陵大墓，用很多珍宝陪葬，是害亲人，不算是孝。薄葬才是长久之计……"

有人悄悄扯虞世南的衣襟，阻止他再说下去。虞世南甩脱那人，说："汉武帝的茂陵中堆满珍宝，后来赤眉军攻入长安，掘开茂陵，还未拿完。无故聚敛百姓财富，大无意义。自古至今，未有不亡之国，无有不被发掘之墓。等到金缕玉衣被烧被抢，骸骨并尽就太可悲了。如果违背诏制，举行厚葬，那不就等于戮尸于地下，又死一次吗？"

满堂文武都听不下去了，唐太宗的脸也沉下来了。有人替唐太宗辩解，驳斥虞世南说："老皇上驾崩，陛下厚葬，修墓建陵，乃是皇家的家事……"

"不对。"虞世南瘦弱的胳膊一挥，"皇上既为天子，行天道，尊皇权，所作所为皆为天下事、国家社稷事，皇上哪里有私事家事可言啊。"

虞世南的话不仅震慑满堂朝官，也把唐太宗说服了。唐太宗改变主意，不为老皇上修筑陵寝了。

虞世南性情刚烈，直言敢谏、论证利弊、为政得失、帮助唐太宗开创了"贞观之治"伟业。太宗由衷地发感慨道："如果各位臣工都像虞世南这样刚正忠烈，天下何忧不理啊！"

638年夏天，虞世南去世，享年八十一岁。唐太宗很难过，提笔写道："虞世南于朕，犹为一体，拾遗补阙。无日暂忘，实当代名臣，人伦准的。"

在没有虞世南的日子里，唐太宗耳边清静了许多。顺耳顺心的话渐渐多了起来，而烦心烦恼的事却接踵而来。

这天夜里唐太宗做梦，梦见虞世南瘦骨嶙峋，挥着手臂，激情谏述："兼听则明，偏听则暗。皇上怎么变得渐恶直言了？长此以往会有弄臣逢迎圣上，肆其巧辩，妨政损德，难道皇上要贞观盛世走下坡路吗？"唐太宗一个激灵惊醒了，冒出一身冷汗。第二天，唐太宗请来满朝文武官员，追思虞世南。君臣同赞虞学士的正风美德。唐太宗又下令为虞世南造塑像，以彰示他仗义执言、敢言直谏的风气。

果然，一股正气清风在朝野上下，在大唐大地上漫卷起来。

2 一檄千秋著

骆宾王有才气，是个可堪大任的人。可惜武则天认识到这一点时，骆宾王已辞去临海县丞，怀着一腔悲愤弃官而去了。

武则天怨言：宰相安得失此人！

但凡有才华的人，都有抱负与理想，都想做一番轰轰烈烈的事业。骆宾王苦苦等着机会，想要一展才华与雄心，把自己的名字永远留在青史之中。

这个机会终于来了。

684年，大唐王朝发生巨变。

刚刚登基一个多月的皇帝李显，被皇太后武则天废黜，改立豫王李旦做傀儡皇帝，权力尽落皇太后武则天之手。改朝换代，李唐王朝变成武氏天下。先前李唐王朝的重臣遭打压。祖上三代为李唐王效力的徐敬业被谪贬，心绪难平。于是便在扬州举起了反叛的大旗。这就是史上说的"扬州事变"。

骆宾王投到徐敬业麾下，做了艺文令，掌管机要文书。骆宾王说："大帅，我们起事是为了匡复李唐王朝，这是正义之战。既然是正义，就要宣告天下，赢得天下道义，鼓励天下人都要参与进这场战争里来呀。"徐敬业拊掌大赞："好哇，那就请先生动笔写一檄文以告天下人。"

骆宾王一个晚上就写出了史上最牛的檄文《讨武曌檄》："……一抔之土未干，六尺之孤何托？倘能转祸为福，送往事居，共立勤王之勋，无废大君之命，凡诸爵赏，同指山河。若其眷恋穷城，徘徊歧路，坐昧先几之兆，必贻后至之诛。请看今日之域中，竟是谁家之天下！"

檄文发出，叫好声不绝。然而徐敬业和骆宾王所期待的风起云涌并没有出现，自始至终只有他们这一支人马作战，并没有想象中的一呼百应。

仅仅三个月，徐敬业的反抗大军就告失败。徐敬业和骆宾王想渡海远避，可是海上狂风大作。这时，手下大将王那相起二心，取徐敬业以下二十余位头领的头颅，做投名状去洛阳邀赏了。

那么，骆宾王的下落呢？《全唐诗》记载："敬业事败，宾王亡命，不知所终。"

几个月后的一天黄昏，山路上一个衣衫褴褛的人，又饥又渴，举步难行。这时候有人骑一头驴来到面前。驴奇矮，骑驴人的双脚都拖在地上。

骑驴人问："在山里迷路了吧？"

褴褛衣人有气无力地说："在山里转了半天啦，附近可有安歇之处？"

骑驴人说："前面就有，随我来。"说着骑矮驴在前面走，褴褛衣人随后。不一会儿，他们面前出现一座香火旺盛的寺院。骑驴人说："这是铜山寺，你去吧，那里有人正迎候你呢。"说完骑着矮驴走了，眨眼就不见了身影。果然，褴褛衣人走近寺院，寺门灯影下站着金灯大师热情相迎："老衲昨夜梦见本寺有贵人来，莫非就是您喽。"

褴褛衣人说："哪里是贵人啊，一个落难乞怜之人呢。"

经过几天观察交谈，金灯大师发现这个衣着破烂的客人，言谈诚恳朴素，举止礼貌大方，文采高雅倜傥。便留他做了庙里的秉笔和尚，为庙里抄写文书、抄录经卷，再做些杂务。

新来的和尚一心念经，打理寺内外清清爽爽的。不久，金灯大师举荐他做了寺里的住持和尚。新住持依然念经，主持寺务，还要给香客画佛像，与一些文人吟诗作画。

主持画佛像很快就出名了，消息传到武康知县的耳朵里。知县就请住持画一张千手观音像，送给武则天祝寿。于是差衙役去铜山寺索画。

住持听说是给武则天祝寿，一口拒绝。差役回到县衙照实回禀县太爷。知县暴跳如雷，寻机报复这个不知抬举的和尚。终于想出一条恶计——查获讨伐武则天的余党。一方面可以讨好武则天，乘机邀功请赏；一方面可就借刀杀人了。

有人把知县的毒计告诉了金灯大师。金灯大师这时才知道，他收留的人竟然是大名鼎鼎的骆宾王，甚为钦佩，决计拯救这位反武义士。于是，安排他连夜出逃到一个小山神庙。

小庙极为安静，骆宾王念佛作画。几年里画下一幅《万民伐武图》长卷，详细描绘当年千军万马讨伐武则天的盛况。然后用油布包好，装进铜管，藏匿于山神庙后墙的墙洞之内，又用泥灰堵上。

据说这幅《万民伐武图》在20世纪70年代拆庙时挖了出来。只可惜无人懂得它的价值。

这是骆宾王的第一个故事。民间还流传另一个故事：

诗人宋之问被贬往越州，途中夜宿灵隐寺。当夜月色清明，宋之问在长廊漫步，诗兴大发，于是吟出两句："鹫岭郁岧峣，龙宫锁寂寥。"

然而吟出两句后，再也接不去了。这时旁边有一燃灯坐禅的僧人问道："少年不寐，而吟讽甚苦，为何？"

宋之问曰："欲题此寺，而思不属。"

僧人笑曰："何不道：楼观沧海日，门对浙江潮。"

经僧人一接茬，宋之问的有了思路，接着吟道：

> 桂子月中落，天香云外飘。
> 扪萝登塔远，刳木取泉遥。
> 霜薄花更发，冰轻叶未凋。
> 夙龄尚遐异，搜对涤烦嚣。
> 待入天台路，看余度石桥。

第二天，宋之问又来找僧人，却怎么也没有找到。

宋之问问其他僧人，昨夜燃灯坐禅的僧人是谁？他哪里去了？他们告诉说：那人俗名叫骆宾王！

民间流传骆宾王的故事还有几个，他的墓碑、庙堂也有几处。明代记载：在江苏南通城东黄泥口发现了一座古墓，墓碑刻着"骆宾王之墓"。后来有人在南通发现这座古墓，并找到了刻有"唐骆"的石碑和枯骨，他们又重新葬在了狼山脚下，并立一石坊，上写：

> 笔传青史，一檄千秋著。
> 碑掘黄泥，五山片壤栖。

3　矜　诞

终于，杜审言的厄运来了。

他由洛阳丞贬谪至吉州司户参军。什么原因？我查阅的史料上没有详细记载，只说：累迁洛阳丞，坐事贬吉州司户参军。按杜审言的性格，我猜又是得罪了朝中权臣。因为杜审言那张嘴太厉害了。

有一个事情，能看出这个杜审言多么狂傲，就像嘴巴上挂刀子。

按照唐代的考核制度，无论中央或地方官员，年末都要写一份"行状"，也就是写一份述职报告，交到吏部。详细记述一年来的功过是非，表明自己的政绩。吏部则要组织校考审阅，并朱笔评判，作为对官员考核和升迁任用的依据。校考使的一项重要职能，就是给这些述职报告写评语。

以杜审言的文才，这是小事一桩，挥手几下就写好了，放下笔感叹说："味道必死。"他说的味道，是指苏味道，时任天官侍郎，是吏部的二把手。周围的同事一听，吓了一跳，赶紧问："怎么了，出了什么事情？"杜审言一笑，说："彼见吾判，且羞死。"

杜审言的意思是说，苏味道见了我写的判词，自愧弗如，肯定会羞愧而死！

原来，时人把杜审言和李峤、崔融、苏味道并称"文章四友"。杜审言在"四友"里只看中崔融一个人，对另外两个人不屑一顾。特别是苏味道，简直有点嗤之以鼻。

此刻，杜审言被贬谪，要远去洛阳，竟无人来安慰相送。他万没有想到，被他嗤之以鼻、言咒"味道必死"的苏味道却来了，说了许多安慰的话。这使杜审言有些感动。

照理说杜审言应该吃一堑长一智，好好管住自己的嘴，可是他做不到。

吉安这个小地方荒僻，做官的也多是些胸无点墨花钱买来的捐官。有一个叫郭若讷的人，花钱捐了个司户。郭司户脑满肥肠，粗言秽语，杜审言便说他："人而无礼，胡不遄死。"郭司户不知道杜审言说的是什么意思，去问司马周季童。周司马说：

"你斗大字不识，那是骂你不知礼义，快去死吧。"郭若讷听过瞪圆了眼睛："这个狗官，竟敢骂我。"周季童说："骂你算啥，他还在背后骂我是'竖子'呢。"

"'竖子'是啥？"

周季童又瞪一眼郭若讷说："他骂我是小人。"于是这两个人沆瀣一气，竟然罗织罪名将杜审言逮捕下狱，想杀之而后快。面对这飞来横祸，杜审言死不甘心。想不到自己堂堂才子，竟会死在这两个人手里呢。在杜审言气愤恼羞时，有一个人正在悄悄谋划营救他的惊天计划。这个人就是他的次子杜并。

杜并那年才十三岁。看到父亲无辜受冤，义愤填膺，悲痛欲绝，终日不思饮食。可他小小年纪，又求告无门，便萌生了冒死报仇的念头。

杜并每天都到司马府门前，察看里边的动静，耐心地寻找机会。有一天，周季童在府内大摆宴席，请了很多客人。府中人来人往，杜并趁乱混了进去。酒宴开始前，他悄然藏在周季童座席背后的一扇屏风后面。当有人来为周季童敬酒时，杜并突然冲到仇人面前，乘其不备……席间立刻大乱。府中护卫闻讯冲了进来，就这样，救父亲的杜并死在周府护卫刀剑之下。

唐朝以孝治天下。孝子杜并救父，这个血案惊动了朝野，自然武则天也听到了。本来就赏识杜审言文才的武则天，令人着手查办此案。

案情大白，错在吉安两个狗官身上。杜审言释放出狱，回到洛阳。武皇上下诏召见杜审言。朝堂之上，武则天向杜审言表达了慰问，宣布要重用他。随后问他说："卿欢喜否？"素来能言的杜审言此时却不知如何回答了。儿子的死换来了他的今天，使他且喜且悲，不知道怎样来回答武则天，于是手舞足蹈，拜谢皇恩。武则天再令他赋一首《欢喜诗》。杜审言立时而就。武则天读后极为欣赏。赐予他著作佐郎的官职，不久又升为膳部员外郎。

　　杜审言狂傲自负，出言不逊得罪人一辈子。景龙二年（708年），他走到了生命的尽头。

　　在他病入膏肓的时候，好友宋之问、武平一起来探视。见他气息奄奄，十分难过。两个朋友很是安慰了他一番。没有想到，杜审言却说："上天害得我这么苦，还有什么可说的。不过，有我在世一天，你们就一天不得出头。现在我要死了，你们应该高兴才是……"

　　宋之问、武平面面相觑，不知道该说什么好。

　　杜审言就是这样的人了，临死还伤了朋友的心。

　　在诗文上，杜审言还是有才气的，朋友们也因此尊重他。说话虽然总是得罪人，诗友之间还是有感情的。杜审言去世，宋之问亲自撰写了情辞哀婉的《祭杜学士审言文》。怀念与他的友谊时，不禁潸然泪下："怀君畴好兮恨已积，念君近惠兮情倍多。"

还有苏味道，这时候已经在相位上了，不便出头露面写文祭奠。就给武平出主意，叫他上疏皇帝，恳请皇上恩加朱绂，宠及幽泉，假饰终之仪，举哀荣之典，为杜审言举行隆重的葬礼，以表彰他的贡献。皇上采纳武平的进言，厚葬了一生疏狂的杜审言。

武平叹息：如果杜审言性格内敛一下，管住自己的嘴巴，该是有大运气的。没想到，审言不慎于言，误了前程啊！

杜审言是唐代近体诗的奠基人之一，雅善五，尤工书翰，在诗书创作上都有贡献。因为自傲狂妄，史书上对他的评价是：矜诞。

为人宽厚，品德修为都好的苏味道，很是为老朋友杜审言惋惜：可惜，可惜啊！

4 东方玫瑰色

据说，王勃少时，曾梦见有人"遣以丸墨入袖"——这可是一代文宗才会有的梦啊！

一些资料和典籍上都写着，王勃自幼聪慧好学。《旧唐书》本传就写他：六岁解属文，构思无滞词情英迈。与兄才藻相类……又有杨炯《王勃集序》说王勃：九岁读颜氏《汉书》，撰《指瑕》十卷。十岁包综六经，成乎期月，悬然天得，自符音训。时师百年之学，旬日兼之，昔人千载之机，立谈可见。

太常伯刘公称王勃为神童。

这里都是在说王勃在文才上的天赋。

可是这个神童在为人处世、做人上实在不怎么样。王勃当上朝散郎后，经主考官的介绍，担任沛王府修撰，赢得了沛王李贤的欢心。这是挺好的事情吧，可是他没有做好。一次，沛王李贤与英王李哲斗鸡。王勃写了一篇《檄英王鸡文》，讨伐英王的斗鸡，以此为沛王助兴。不料此文传到唐高宗手中，圣颜不悦，读毕则怒而叹道："歪才，歪才！"于是，王勃被逐出沛王府。刚刚开始的仕途，就这样毁在一篇文章里。

王勃不仅没有吸取教训，还接着犯同样的错误。

咸亨二年（671年）秋天，王勃从蜀地返回长安参加科选。他的朋友凌季友当时为虢州司法，便为他在虢州谋得一个参军之职。就在他任虢州参军期间，有个叫曹达的官奴犯罪，不知道王勃是怎么想的，就把罪犯藏匿起来。后来又怕走漏风声杀死了曹达，被抓进大牢，定为死罪。

王勃因杀死官奴曹达，连累了他的父亲王福畤，从雍州司功参军被贬为交趾县令，远谪到南荒之外去任职。王家一片悲戚痛苦，王福畤准备远走南荒之地赴任。这天，大儿子王勔带着媳妇、儿子回来了。往日孙子回爷爷、奶奶家，满屋满院子都是欢乐的笑声。今天却不是这样，爷爷只拉过孙子手就回了书房。奶奶抓过一把枣子给孙子后，坐在院子里的石凳上默默流泪。孙子就一个人在海棠树下玩耍。

门外有人大喊："皇上大赦天下，不日王勃就回来了。"

果然，官家有人报信来了。

几天后，王勃被释放回家。老爷远赴交趾做县令去了。

王勃此次遭祸，实属做事莽撞。好在王勃保住了性命，仕途之路却是走不下去了。

因为曹达案，王勃连累了父亲。老人远谪到南荒之外受苦，加之自己前途渺茫，便整日郁郁寡欢。于是在家人劝说下去交趾探望父亲。

王勃走了几天，一日他在路上遇一个诗人。两个人一路吟诗论文，情投意合。走了两天，王勃知道诗人是去洪州府参加诗会的。

原来，洪州都督阎公召集江左名贤，聚集滕王阁，吟诗作赋以记其盛。诗人说："王兄，你诗情益然，与我一同去洪州，参加赛诗可好？"

王勃稍做犹豫，也就答应了。

赛诗日子已近，两个诗人便乘船下洪州，两天就到了。

洪州都督阎公修建滕王阁落成，大宴宾客。为了向大家夸耀女婿孟学士的才学，让女婿事先准备好一篇序文，在席间当作即兴所作书写给大家看。宴会上，阎都督让人拿出纸笔，假意请诸人为新建滕王阁作序。大家知道他的用意，所以都推辞不写。而王勃不知道内情，竟不推辞，接过纸笔，当众挥笔而书。阎都督老大不高兴，拂衣而起，转入帐后，让人去看王勃写些什么。听说王勃开首写道"豫章故郡，洪都新府"。都督便说："不过是老生常谈。"又闻"星分翼轸，地接衡庐"。沉吟不语。等听到"落霞与孤鹜齐飞，秋水共长天一色"，阎都督不得不叹服道："此真天才，当不朽！"

此事，《唐才子传》有记载：勃欣然对客操觚，顷刻而就，文不加点，满座大惊。

王勃即兴所作《滕王阁序》，以独具特色的文风，奠定了他在中国文学史上的地位。

后人郑振铎评价王勃对唐诗的贡献时说：正如太阳神万千缕的光芒还未走在东方之前，东方已布满了黎明女神的玫瑰色的曙光了。王勃被誉为盛唐诗歌的"黎明女神"是当之无愧的。

正是因为王勃的才气与名望，他的生前身后事成为人们长久议论的话题。生前，杀曹达被祸，有人说是因情恃才傲物，为同僚所嫉；有人疑为同僚设计构陷，或者纯属诬陷。而死因，有人说他渡海遇难而亡。有人说他抑郁难耐落水。就连他死去的时间，也是两种说法，有人说是在去交趾路上，有人说是离开交趾返回故乡的途中。

5 杨炯与《盂兰盆赋》

杨炯，初唐著名诗人，谓"四杰之一"。

史籍上说，杨炯自幼聪明，博学经传，尤爱学诗词。唐高宗显庆四年（659年），十岁的杨炯应神童试登第，应招入弘文馆待制。小小年纪就做了唐朝备用官员，一家人都很高兴。

弘文馆是唐太宗李世民创立的，汇集了当时天下名士大儒。没想到杨炯在弘文馆里待了十六年，一直没有一个正式的职务，"神童"的名分，似乎也渐渐淡了。

杨炯于唐高宗上元三年（676年）再次进京，应制举，补了个秘书省校书郎的职位，是个九品小官，掌管雠校典籍。杨炯心里郁郁不平：我无为而自化，吾不知其所以然而然，代之言天命者，以为祸福由人，故作《浑天赋》以辨之。

永淳元年（682年），杨炯由薛元超举荐，被擢用为太子李显詹事司直、弘文馆学士，掌太子东宫庶务。从九品一跃成为掌纠劾及率府之兵的正七品朝官。面对这样一个飞跃，杨炯内心极大地兴奋，也忘不了举荐自己的伯乐，投桃报李写下了《庭菊赋》来赞美薛元超："日子贞矣，与彼重阳；菊之荣矣，与彼华坊。含天地之精气，吸日月之淳光。"把薛元超比作菊花。

正在杨炯仕途得意时，武则天将李氏王朝翻倒，自己做了皇帝，改朝为周。有人不服，起兵讨伐武则天。杨炯的一位堂弟叫杨神让，参加了徐敬业的讨伐大军。兵败，杨神让父子一家被灭门。这自然牵连到杨炯，他被贬谪，流放到四川梓州做了司法参军，灰溜溜走出长安。

唐天授元年（690年），杨炯在梓州任期已满，回京述职，武则天重其才华，安排做了宫廷里的教习官，与大诗人宋之问一起做教习朝官的工作。

恃才倨傲的杨炯，对那些碌碌无为的同僚很是看不起，嘲笑他们是一群"麒麟楦"（唐时演戏假装麒麟的驴子）。有人问他这是什么意思。杨炯说："那些没有德行学识的官员，虽然身披朱紫色的朝服，其实虚有其表，这和驴身覆裹麒麟皮，没有什么区别。"

杨炯看到一个个"麒麟楦"一步步高升，开始"反省"了，慢慢有了"醒悟"。

虔诚信佛的武则天坐稳了江山后，也要办盂兰盆会。

盂兰盆会是个斋僧道祭祖先，超度亡灵的日子。每年七月十五，凡是佛家弟子行慈孝者，以百味饮食供养众僧，为现世父母增福寿、超度过世的父母离苦得乐，以报父母养育之恩。敬设盛大的盂兰盆供。即民间说的鬼节，佛家则称为"盂兰盆会"。

这年七月十五日，武则天操办盛大的盂兰盆会，洛阳城条条大街上都搭起彩楼、彩棚，摆满了鲜花。洛阳城南门外的定鼎街诸行百做盂兰盆供行列，正在大街上缓缓行进，僧俗戏乐，鼓乐号鸣。武则天邀请文武百官到洛阳南门城楼上，同赏盂兰盆会热闹景象。当高耸云天的盂兰盆塔山缓缓行至南门城楼下，城门上下一片欢呼。一些文人骚客情不自禁吟诗赋词，颂扬武周王朝，颂扬女皇。也许被空前盛景感染，也许一时冲动，为初唐"四杰"之一的杨炯即席写了《盂兰盆赋》呈献给武则天："……粤大周如意元年秋，圣神皇帝御洛阳城南门，会十方贤众，盖天子之孝也……晃兮瑶台之帝室，兮金阙之仙家，其高也。上诸天于大梵，其广也，遍法界于恒沙。上可以存元符于七庙，下可以纳群动于三车者也。"

在这里杨炯颂扬武则天为"周命惟新"的"神圣皇帝"。

武则天听过《盂兰盆赋》很是夸赞杨炯一番，说："杨学士无比激昂，情怀诚朴。"几句夸赞，一脸微笑，使诗人心里充满无比的光明和温暖。

在杨炯等着武皇上封赏他一个什么官职的时候，一天，宫里的闫公公来到杨炯家，宣读皇上圣旨："着杨炯赴任盈川县令，钦此。"

杨炯又一回心灰意冷。谢过皇恩，都没有留闫公公喝一盏茶。

杨炯赴任盈川，来送行的不少是弘文馆的同僚，有诗人身份的只有宋之问一个人。那些在洛阳城里的诗人，没有一个人来送杨炯赴任。

杨炯用一篇《盂兰盆赋》只换来"神圣皇帝"武则天的一个七品县令，却失去了大唐诗人的一片天地。

这天早晨，杨炯一个人乘船赴盈川去了。一会儿，他的身影就消失在蒙蒙雨雾里……

6 松柏声

沈佺期，字云卿，河南相州内黄县人。

沈佺期出生于唐高宗显庆元年（656年）。那是一个多云见
晴的一天。在他要出生的时候，院子里一棵槐树上先落个喜鹊，
喳喳叫。又飞来一只乌鸦，哇哇叫。坐在院子里等着新生儿降生
的父亲不喜欢乌鸦的叫声，觉得不吉利。沈父就轰赶乌鸦。乌鸦
被赶走了，喜鹊也飞去了。这时候屋里哇的一声，婴儿降生——
这就是后来成长为杰出诗人的沈佺期。

沈佺期秉性灵慧，三岁识字，六岁会作文写诗，甚得父母喜
爱。

一天，南山书院的孙先生来到沈家。据说孙先生曾经在朝廷

做过尚书令，熟谙朝廷尔虞我诈的龌龊，又熟悉世俗民情，是位世事练达的贤人。因为是朋友，沈父就与孙先生议论起孩子的前程。孙先生说："历来官场浑噩，如今几派势力明争暗斗。入仕做官无疑是飞蛾扑火，竹篮打水。食有黍，身有衣，人生平安最好啊。"

沈父问："先生，您说犬子长大做什么好呢？"

先生道："一去教书，二为郎中。"

沈家在学而优则仕的传统思想影响下，沈佺期还是被父亲推到科考取仕的路上。十八岁那年沈佺期进京科考，竟然考中，又被授予协律郎，负责掌管校正宫廷乐曲，在宫廷里侍奉皇上。小小年纪就进入了唐王朝的圈子里了。

唐代诗歌兴盛，武则天附庸风雅，喜欢与文人墨客在一起作诗唱和。这样就把一大批诗人聚集在长安。沈佺期和宋之问等一批才子在朝堂上、大殿里，吟诗作赋，歌舞升平。

朝廷还不定期举行赛诗会。

据《唐诗纪事》记载：皇上在昆明池宴饮赋诗，一群宫廷诗人应制百余篇。唐中宗命才女上官婉儿做评委，选出一首当歌词，谱曲演唱。大家的诗作在上官婉儿的手中纷纷散落在地，最后只剩沈佺期和宋之问两人的诗。婉儿斟酌再三评论说：沈诗末句"微臣雕朽质，羞睹豫章材"词气已竭；宋诗末句"不愁明月尽，自有夜珠来"犹陡健骞举。如此，宋之问得了冠军，沈佺期得了一个亚军。

沈佺期少年俊才，经常得到皇帝的赏识。后来就晋升为考功员外郎，掌管科举考试的事宜。在此任上，他在韶州发现了著名诗人张九龄的才华。在科考中一试中举，读其文才大加赞赏，就将他推荐给皇上。后来张九龄官至宰相。可见沈佺期真是个有眼力的人。

不久，沈佺期因为收受贿赂锒铛入狱。好在罪行不大，也是因为他的才华与诗名，又被朝廷启用，授予给事中一职。

这是沈佺期第一次受挫。

沈佺期是武则天的宠臣，又依附武皇上的男宠张易之，所以官运畅通，在短短的几年里，从给事中再升尚书，成为朝廷中三品大员。705年，唐中宗复国，武则天被迫退位，张易之被杀。沈佺期因依附张易之兄弟遭人弹劾，被捕入狱。这次因为罪恶深重，还连累到家人。他的两个幼子沈魁多、沈东美都被抓进监狱。他的五个做官的兄弟，有两人被降职，有三人流放到外地。幸亏沈佺期的妻子韩氏散尽家财，到处托人营救，这才使得两个幼子出狱。沈佺期被流放到边远蛮荒的驩州。经过如此劫难后，妻子韩氏带着两子一女三个孩子远走他乡，远迁到湖北省英山县隐居。

这时候，沈佺期的父亲已经近七十高龄。一天请书院孙先生来家中，沈父说儿子沈佺期的遭遇和家庭遭际，悔恨没有听先生的话，说着老泪纵横。孙先生安慰说："朝廷事起起落落，官场沉浮是常事。"

710年，沈佺期被流放了五年后，终于得到平反。再召回京城长安，授予起居郎兼修文馆直学士。又两年升任中书舍人、太子少詹事等几个职务。714年，沈佺期病故于任上。

《沈氏家谱》中记载：沈佺期尸骨从长安请回故里，归葬湖北英山。其子沈东美因为门荫，被皇帝恩补为礼部员外郎。韩夫人也被封为一品诰命夫人，还钦赐"庐州管辖三千里，英麓排来第一家。"以示褒奖。

沈佺期过世后，儿子沈东美在清理遗物、整理文稿时，忽然翻出父亲写的七言律诗《邙山》："北邙山上列茔，万古千秋对洛城。城中日夕歌钟起，山上唯闻松柏声。"沈东美反复吟咏，父亲诗中的邙山、洛城在哀鸣，钟声、松柏在鸣吟。刚刚被皇上礼恩拔擢为礼部员外郎，真是感慨万千：人生苦短，富贵转瞬。平淡的我，平安的家，平平淡淡的生活才是福啊！

7　贺知章的字

不知道为什么，贺知章忽然辞去朝廷秘书监职，出家遁入道门了。

此事，史料上有记载：天宝三年，因病恍惚。上书请度为道士，求还乡里。舍本乡宅为观，求周宫湖数顷为放生池。诏许之，赐鉴湖一曲。皇太子率百官饯行。

"贺监"真是有面子啊，皇上不仅赏房屋、赏宫湖，还赠诗，又叫太子率百官饯行。

贺知章做道士那年，已经八十五岁了。这个年龄出家，真是匪夷所思。

有一个传说，解释贺知章出家的原因。说他居住在西京平坊时，对面板门里住着一位老人，常见他骑着驴出入。奇怪的是，老人多少年了面色不变、衣着不改，神色竟然毫无变化。贺知章询问巷中的邻里。邻人告诉他说：老人姓王，在西市卖穿线绳索。知章经过一番观察，觉得老人并非凡人，在空闲时常去看望他。老人迎候都很恭敬，彼此问答也很谨慎。这样往来一段日子，彼此都有了信任。

一天，老人说他懂得养身之术。说着将自己撰写的《养身道术》拿出来给贺知章看。

贺知章尊信老人，就拿出家中珍藏多年的一颗明珠，敬献给老人，并拜老人为师，请求老人讲授道法。

老人接过那颗明珠，随手就交给童子，让他换烧饼来。童子用明珠换来三十个烧饼，拿给贺知章一个，也拿给老人一个，三个人便一同吃起来。

贺知章甚是不解，一颗宝珠竟换取几张烧饼，如此轻用让他很不高兴。老人看出贺知章的不快，就说："道术可以心得，哪里在于力争呢？悭吝之心不停止，道术没有理由成功。应当到深山穷谷中，专心致志地探索寻取之，不是市朝所能传授的啊。"

贺知章听过就领悟了老人的意思，拜过老人就离去了。

第二天，贺知章再去对门，发现板门上已经上锁，老人不知去向。

此后贺知章就辞官入道还乡了。

贺知章回山阴五云门外道士庄，住千秋观。每天诵经、作诗、写字、饮酒。贺知章进道门，一切遵从道规，只是酒还是要喝的。

　　贺知章诗书齐名，特别是他的草隶独树一帜。窦氏兄弟评唐名家书多讥贬，唯推贺知章的字"与造化相争，非人工所到。"

　　贺知章的字，一字难求，山阴和京城人是知道的。

　　一天，张若虚、张旭、卢藏用等七个诗友、书友来道观看望贺知章。他们带来了鱼虾，还带来了酒。这天的酒大家喝得很尽兴。贺知章就喊来两个小道徒摆案研墨，说是为每一个朋友送一幅字。接着净脸净手，再焚香。这才拿起斗笔，饱蘸浓墨，落纸云烟。一口气写了六张，一一分送给诗友和书友。唯独没有送给最要好的朋友卢藏用。

　　老朋友脸上就难看，扯住贺知章的袍袖问道："如何就没有我的，难道嫌我没有给你敬酒怎的？"

　　贺知章一边洗手，一边往墙上努努嘴。墙上贴一字幅，上面写着：为亲朋书，不为官家赠；为友谊书，不为金钱奴。

　　大家看了都哈哈笑。张旭对卢藏用说："季真（贺知章字）嫌你是官，便不与你赠，明白吧？"

　　这时候卢藏用刚刚被皇上晋升为礼部侍郎，因了这个侍郎，没有得到贺知章的字很是遗憾。贺知章笑了笑说："不送官，是我立的规矩，算我欠你一幅字好了，日后补上便是。"

卢藏用这才脸上有了笑容。

毕竟是八十多岁的人了，贺知章身乏气衰，觉得来日无多。他一直惦记着欠卢藏用一幅字的事情。这天他又净手焚香，写下"藏锋守拙"四个字，并且亲自裱好，派小道童送给卢藏用。

还在礼部侍郎位上的卢藏用，收到字十分感动，觉得贺知章真是理解他呀，便交给夫人珍藏起来了。卢侍郎十分敬重贺知章，也就尊重他立的规矩，在职位上不想把这幅字挂出来。直到他从侍郎职位上退下来，不再为官了，又舍不得再挂到墙上去，一直珍藏着作为传家之宝。

传家之宝被时任吏部尚书的杨大人听说了，派人到卢家来，说是大人要阅赏贺知章的墨宝。这位尚书大人是个重权贪财好色的人，卢藏用不想让贺知章的字移手这个劣迹斑斑的人，便说："贺知章的字因收藏不慎，被硕鼠咀嚼了。"

卢藏用毕竟年事已高，怕日后家人经不住利诱，将贺知章的字出手给那些德薄品劣的人，辱没了老朋友的名节，于是取出珍藏的墨宝付之一炬。

心说："季真的字岂能被小人玷污啊！"

8　"草圣"张旭

张旭是个诗人，但他的诗名远在其书名之下。

张旭的书法始化于张芝、二王一路。以草书成就最好，被誉为"草圣"。张旭嗜酒，又常醉，醉了就写字，落笔成书。甚至以须发代笔，蘸墨狂书，就有了"张癫"这么一个雅号。

张旭已经在景华楼醉酒三天了，写了几十张字挂在墙上。午餐又豪饮，此时正在兴头上。忽然解发，长长的头发在墨碗里浸过，淋淋漓漓地在纸上龙蛇吞吐。眨眼"壶里乾坤"四字跃然纸上，引来一片称赞声和掌声。在众人的赞扬声中，书家得意，手舞足蹈，引来更多的欢呼与雀跃。

这时候，楼下传来了嘈杂声，屋里人接二连三下楼去了，最后只剩下三五个人。张旭问："人呢？"

一个书童站在窗前，往楼下看，说："楼下有一个女子在舞剑，大家都去看了。"

张旭临窗一看，果然见一女子在十字街口舞剑，围观的人很多，把路都堵死了。

张旭好奇，将头发洗净，用巾帕包起，也到楼下看女子舞剑。

只见张旭眼前一道团云飞旋，云中剑锋如白蛇吐信，嘶嘶破风，如游龙穿梭行走四身。时而轻盈如燕，点剑而起；时而骤风闪电，云兴纷崩。一阵云烟霹雳，旋风气烟过后，一女子临风傲立，脸不红，气不喘。女子一袭月白绸装，凌云髻，无饰品，一条蝴蝶结缎带束发，清清爽爽立在众围里。

舞剑者，乃大唐第一舞人公孙大娘。据说诗圣杜甫也看过公孙大娘舞剑，还写诗赞美她"一舞剑器动四方"。

张旭看呆了。

他把女子舞剑的起剑、走剑、飞剑、旋剑、收剑和书法中的起笔、行笔、顿笔、旋笔等十八种笔法，进行反复比照，发现有异曲同工之妙。张旭顿悟，舞剑与书写原来是同道同趣的啊。剑法、笔力在功底，而自己用须发去书写的雕虫小技，哗众取宠觉得脸红。

张旭得公孙大娘舞剑神韵，其书法草隶如天工神造一般，字字千金，索字的人都踏破了门槛。这么多人求字，除了张旭名气大字好之外，其中还有一个原因，就是张旭好说话，不会拒绝人。可是，他真是不愿意自己的字挂在那些品行低下、名声不好的人家。于是，他就请了一位"管笔"，用今天的话讲，"管笔"就是经纪人，代替他去与那些索字求帖的人打交道。

张旭的规矩是，他的字不给恶名劣行的人，不给献媚趋奉的人。

张旭依然酒中取乐，依旧醉笔龙蛇，游云惊龙，剑横凌云，字写得更加淋漓绝妙。

这一年夏天，苏州、常熟一带暴雨，千里泽国。州县组织赈灾，号召商贾富家赈济。张旭将家中钱财尽数捐出，还把住宅腾出来办起粥棚。可是仍有灾民沿街乞讨。张旭戒酒，在他租住的小屋一连三天写字卖字，又办起几个粥棚。难民都来他的粥棚吃"张粥"。

张旭用一张张字救了许多灾民。奇怪的是，张旭戒酒写的字润资不及他醉字的一半。甚至有人疑为赝品觉得一文不值。不过谁家也都当做传家之宝，传至后代。毕竟上面有签名钤印，那是假不了的。

后来，张旭一直租住在常熟城外那条小巷里。有人告诉他说，"管笔"住在城里一座很阔绰的大院里，还使婢唤奴呢。张旭听过淡然一笑说："他为我得罪了不少人，那座宅院就算是一种补偿吧。"

在许多年里，张旭就没有搬出那间小屋。年纪越来越大，酒也喝不动了，字也不愿意写了。终于在一个风雨交加的夜里死在小屋。

史籍上说，张旭，字伯高，曾任常熟县尉，生卒年不详。

今天在常熟城内东门方塔下面有一条街，叫"醉尉街"；城里还有一座"草圣祠"，都是为了纪念张旭所建。张旭洗笔砚的池塘"洗砚池"，至今还水波凌凌。诗人的家乡苏州人在唐寅墓一侧兴建了"草圣祠"，陈列着张旭的书法碑帖若干。

那个"管笔"是谁？叫什么名字？没有人知道。曾经很阔绰的那个院落在哪条街？在哪条巷子？更是没有人能说得清楚了。

9 一笑添愁

王翰是唐代边塞诗人，出身富家，是个重情知恩的人。

景云元年（710年），王翰登进士第，在县衙做了小官。因为直言敢谏，上司很不喜欢他。王翰便辞官回家写诗去了。

这时候，并州刺史是张嘉贞。

这年末，朝廷派来一位御史，叫张循宪，来并州巡察考核州县官政绩的。张御史带来的人不多，想在并州找一二人，帮助他完成地方考绩的工作。张嘉贞就推荐了赋闲在家的王翰。

地方考绩是得罪人的事，可是，王翰做得很好，跟着张御史明察暗访，核实核准，事事有头有尾，该办的、办完的都分得清清楚楚。张御史很喜欢这个帮办，最后把写考绩公文的事也交给王翰来做。

经过全过程考核的王翰，事事清楚，又对地方事务和官场熟悉，他写的公文格式规范，对事又公正。张御史很高兴，准备回京交差去了。张御史觉得王翰是个人才，问他愿不愿意随他进京。王翰说："我是张嘉贞刺史推荐来的，随御史进京该问一下刺史啊。"

这一问，王翰就被张嘉贞留在并州了。刺史留他是因为这两个人似乎有着同样的经历。十多年前，张刺史也是帮助朝廷来的御史办案得力，发现是人才，被举荐到京城走上仕途的。

张刺史招用王翰做秘书正字。因为赞赏王翰的才能，常以很好的礼遇相待。王翰很是感动，自做歌，并于之舞，博得刺史大人一笑，算是一种回报与谢意。

开元二年（714年），张嘉贞进京，还把王翰带到京城。

张嘉贞做了兵部员外郎，在兵部侍郎张说手下做事。那时候两个人相处得很好。不久宰相宋璟因年事已高回家养老去了，皇上让张嘉贞做了宰相。这样事情就反过来了。张说成了张嘉贞的下属，两个人的内心都有了一些变化。不过表面上他们依旧维持着良好的关系，并且保持了许多年。

这些事，王翰是看在眼里的，而且在两位上司中间尽可能做些少误会多友善的事情。因此，张相也好，张侍郎也好，都很信任王翰。在王翰的晋升拔擢之事上，两个人都很上心。就在三个月前，在张说的提议下，王翰被晋升为员外郎。

张嘉贞有一个弟弟叫张嘉祐，这一年因为贪污出事了。

张嘉贞父母早逝，兄弟二人相依为命。所以很爱这个弟弟。他进京后的第一天就向皇上请求，让他们兄弟相聚。皇上不仅答应让兄弟相聚，还安排张嘉祐做参军，不久又提拔为金吾将军。做了军官的张嘉祐凭着是宰相的兄弟，肆意妄为，贪占军费，惹下大乱子。

兄弟被抓，宰相害怕皇上查到自己身上。于是找张说问："张侍郎，有什么办法躲过这一劫呀？"

张说想了想说："不如暂且把宰相辞掉，如果真的事情闹大了，或许皇上会看在你这么多年为朝廷操劳的份上，大概不会太认真吧。"

在两位上司说话的时候，正好王翰也在座，只在一旁笑了笑。没想到这一笑日后给他带来许多烦恼与麻烦。

张嘉贞听了张说的意见，向皇上递了辞呈。皇上就免去他的宰相之职，派他去陕西豳州做刺史去了。

张说呢，临危受命，做了宰相。

张嘉贞冷静下来后，觉得张说的主意是个圈套。又想，张说不是个玩弄权术的人啊，一定有人帮他出这个主意。那么是谁给他出的这个主意呢？

张嘉贞想起王翰那天的一笑，对，一定是他。张嘉贞心想，王翰啊，你的聪明要得过头了，看老夫栽了个跟头，就投靠新主子去了，真是人心不古啊。

张嘉贞对王翰的不满，慢慢在官场上传开了，也就传到王翰的耳朵里，让他很苦恼，想找机会向张嘉贞解释。

张说第三次任相了，依然改不掉暴躁、独断专行的个性，被同僚上书弹劾，到集贤院修国史去了。不过，皇上还是很看重张说的才华，每遇军国大事仍然请到宫里来，很认真地听取他的意见。张说病了，皇上几乎每天派中使到张府看望。更让人羡慕的是，皇上亲自为他开药方，并派人抓药给张说送去。

开元十七年（729年），张嘉贞身患重疾，双眼失明，回到洛阳，住在城外一个小村子里。

一天，王翰去探望张嘉贞。在村外河边见一位老者，询问张嘉贞的住处。老者说："进村就看到他了，天天在树下教一群孩子唱童谣，别的什么都不做，也记不起曾经做过什么了。曾经威风八面的相爷今天已经是个失忆的人啰。"

王翰进村，果然见到一棵老槐树下，失明的张嘉贞闭着眼睛教唱童谣："花喜鹊，尾巴长，娶了媳妇忘了娘……"

王翰上前揖拜："张相，您好哇。"

张嘉贞眨巴眨巴失明的双眼："你是京城里来的官人吧？"

王翰说："我是王翰，是来拜望您的。"

"王翰？"张嘉贞想了半天，"老夫想不起你了。"说过再也不理睬他，接着再教孩子们唱："烙白饼，蘸白糖，媳妇、媳妇你先尝，我到后山看咱娘。"

王翰是来向张嘉贞解释当年的那个误会的。他看到老相爷的这个样子，知道今生今世已经没有解释这个误会的可能了。王翰摇摇头离开老槐树，渡过村外的小河，忽然想应该给张相爷盖一处宅院，再派两个仆人照顾他的起居才是啊。

10 审 狗

在唐朝诗人里，王之涣是个没有通过科考做官的人。他做过几天衡水主簿——一个品级很低的事务官。闲暇时写诗，也有名气。

年轻的主簿，才高气盛，很看不惯官场虚伪、献媚、尔虞我诈那一套。一次，同为主簿的马尚崇因为王之涣一篇文稿中的措辞，到县令那里说是道非，让王之涣很生气，便愤然辞官而去。

王之涣在家闲居十五年，走了许多地方，也写了许多诗词。

天宝元年（742年），王之涣补文安县尉。这时候他已经五十四岁了。

王之涣来文安，那些文人墨客就沸腾起来了。一些喜欢诗词的人更是欣喜若狂，一拨一拨来县衙拜望新来的王县尉。

文安县令姓潘，叫潘阳，是个科考为官的人。这个人心胸狭窄，看到王之涣一来便在文安显山露水，心里很不舒服，就想难为他，让他丢一回脸。

机会来了。

文安城石桥街发生一桩命案，一位村姑被害。报案的人叫刘月娥。潘县令就把女子带到王之涣面前，说："王县尉，这个案子就交由你办吧。"

王之涣就听女子讲案发前后的情景。女子说："公婆下世早，丈夫经商在外，家中只有我与小姑相伴生活。昨晚，我去邻家碾米，小姑在家缝补。我碾米回家，一进院门就听见小姑喊救命。我急忙往屋里跑，在屋门口被一个男子撞个趔趄。我便扯着男子厮打起来，在他身上撕抓几下。可是我一个女子怎敌得过壮汉，让他跑掉了。进屋掌灯一看，小姑胸口扎着一把剪刀，身下一片流血，已经断气。"

王之涣问："你没有看清楚那个人的模样？"

"没有，天很黑，看不清模样。"刘月娥还说，"只知他身高力气大，上身光着。"

王之涣再问："你们撕扯，一定会发出动静。就没有人来过？"

"没有。"刘月娥说，"连院里那条狗看见了也不叫。"

"噢？"王之涣警觉起来，"你家有狗，养几年啦？"

"三年。"

王之涣走到刘氏身边来回踱步，又问："你在邻家碾米，若是你家的狗叫，你能听得见吗？"

"听得见的。碾房与我家只一墙之隔，还开着窗洞呢，院里有脚步声都能听清楚的。"

王之涣问过这些就让女子回去了。

当天下午，县衙差役就在县城贴出告示，说王之涣在明天城隍庙里审狗。

县令潘阳听说王之涣要审狗，拍着大肚子大笑："奇闻，天下奇闻。人命案，不去审人，却要去审一条狗，千古奇闻，哈哈哈……"

第二天，好奇的人都来到城隍庙看热闹，将庙堂挤得水泄不通。县令潘阳也化装来看王之涣审狗的笑话。

王之涣坐在案上，看到满堂看热闹的人，也看见化了妆偷偷藏在人群里的潘阳，惊堂木"啪"地一拍："衙役，把女子、孩子都带到外面去。"

女子、孩子被衙役推到堂外去了。

王之涣下令：把四十岁以上男子，也请到外面去。

衙役将年纪大的男人也一一清除到堂外。潘阳不知道王之涣故弄玄虚在搞什么，躲在人群里窃笑。

这时候，王之涣厉声道："衙役，把堂门给我关上，把守好，不放任何人出去。"然后他走下案桌，走到人群面前："杀人者便在你们中间。他背上留有抓痕。请大家把身上衣衫脱下来，让衙役验看一下。"

众人你看我，我看你。接着就有人脱衣服，再接着更多的人也把衣服脱下了。只有几个人在躲躲闪闪。到最后只剩下三四个人的时候。王之涣上前一一扒下他们的衣服。其中一个男子背上抓痕还没有结疤。王之涣验看过嘿嘿一笑："衙役，这个人便是昨夜的凶犯，给我捆起来了。"

杀人犯叫黄三，石桥街推车卖熟牛肉的。他早就把刘月娥家的狗喂熟了。

另有几人，因为身上有伤，不敢脱衣服。看到真凶被缉拿，才敢脱上衣。只有一个泼皮小赖子，几天前偷窃，被人一砖头砸在背上逃掉了。此番看到这个县尉如此英明，就交代了自己偷窃的事情。王之涣说："念你有悔过之心，今天就不罚你了。一会儿我派衙役跟着你，把你偷窃的东西还给人家。再犯绝不轻饶。"

结了命案后，王之涣还是和那些文人墨客往来，喝酒吟诗作乐，心思全不在官场。潘县令也就由他去了。

一个暮春的上午，王之涣领六七个诗友来到苏桥。

苏桥地处九河下梢，村舍傍堤而建。杨柳垂堤，江舟渔歌，很有些江南风致。此时正是桃李树开花季节，四处烂漫芬芳。一行诗人边赏景，边吟诗。这个一句，那个一句，来到江边。

江边一位年轻捕鱼人，听了这些诗人的诗文，摇摇头。恰被一位诗人看见，问："小哥摇头是说我们的诗不好吗？"

"哪里能与王之涣的诗相比呀。"渔人笑了笑说。

"小哥认识王之涣？"

渔人摇头："我一个捕鱼的怎会认识一位鼎鼎大名的诗人啊。"

这时候，几位诗人都围过来，问："你说王之涣的诗好，好在哪里呀？"

这时候年轻渔人才站起来说："我一个粗人，哪里说得出大诗人的诗好在哪里呢，只是我听到诗人的几句诗文像江水流，像水上风，像天上万道霞光，像大海里的汹涌波涛。"

诗人们几乎同时击掌赞叹："说得好，说得好哇！"

还是第一个问话的诗人说："你这么喜欢王之涣的诗，想不想见诗人啊？"

"我一个布衣，到哪里去见大诗人呀？"渔人指了指鱼篓里的鱼，说，"若是见到诗人，我天天捕鱼给他吃。"

"王之涣在此。"大家七手八脚将诗人推到渔人眼前。

王之涣站到渔人面前，年轻人一愣："您、您真的是大诗人？"

王之涣一笑："不像？"

"您、您就是那位审狗的王县尉？"

王之涣又一笑："不相信？"

大家一再说，面前的人，就是王之涣，就是王县尉啊。

年轻渔人倒身即拜："小人丁清，仰慕诗人久矣。若不嫌弃到小人家中一坐，让我娘烹鱼给您吃。"

刚才的一切，王之涣都看在眼里。他十分珍惜这种情义，便答应去渔人家。对诗友们一挥手："走，一起去吃婆婆烹的鱼。"

诗友们说，丁清请的是你，我们就不凑热闹啦。说着他们再去游景。

在丁家，诗人吃婆婆烹的鱼，几样小菜野味，喝的是乡村酒，极尽兴，竟小醉，在丁家睡了一下午。晚上收工的村人知道王之涣在丁家，都带着吃喝来到丁家，摆满了几张桌子。大家一同吃喝，像过年一样高兴。

第二天早晨，乡亲们一直把王之涣送到苏桥大堤上。诗人眼前万柳金堤，日光水色，不禁吟哦："长堤春水绿悠悠，畎入漳河一道流。莫听声声催去棹，桃溪浅处不胜舟。"王之涣留这首《宴词》给苏桥的乡亲们，表示了自己谢意。

十分可惜，游苏桥不久，王之涣就染疾故去。享年五十五岁。

王之涣，官做得不大，时间也很短暂。他的诗文留下来的也不多。可是，一首《登鹳雀楼》、一首《凉州词》，是连三岁的孩子都能背得滚瓜烂熟的。

此，谁人能比！

11　大　隐

　　酒一醒，孟浩然就后悔了，他知道又一次失去了求仕的机会。

　　几天前，襄州刺史韩朝宗约孟浩然吃酒吟诗，相谈甚欢。刺史十分欣赏孟浩然的才学，决定把他举荐给皇上为朝廷效力。说好两天后一起赴长安去见皇上。

　　第三天，当韩朝宗派人前来孟家，唤他一同进京时，和朋友喝得醉醺醺的孟浩然说：已经喝酒了，哪有时间管他。来人见劝不走孟浩然，回去禀告刺史。韩朝宗很生气，一人独自进京去了。

　　说来，这已经不是头一回了。六年前，孟浩然正在王维处

谈诗论词，唐玄宗李隆基忽然来了。王维觉得孟浩然是布衣不能面圣，于是叫他躲在幔帐后面。皇上与王维谈了一些政务之后，看到桌上有诗笺，便随手拿起来看。这诗正是孟浩然所写的《岁暮归南山》，诗云："北阙休上书，南山归敝庐。不才明主弃，多病故人疏。白发催年老，青阳逼岁除。永怀愁不寐，松月夜窗虚。"

玄宗看到"不才明主弃"一句不大高兴，悻悻然对王维说："这人岂有此理，他自己不来找朕，怎么可以说我弃他呢？"

皇上走后，王维很是埋怨了孟浩然几句。求仕不成还受一顿奚落。那一次的求仕之路也就这样断了。

这两件事，使原本一心报国的孟浩然心寒，加上孟浩然读过些史书，发现自己的性格根本无法适应尔虞我诈的官场，便决定不再求官，进山隐居起来了。

孟浩然隐于鹿门山的鹿门寺。寺院里有殿堂僧房数十楹。除了一二十僧人外，没有闲杂人来，十分清静。

鹿门山东南三十里外是襄阳城，有一位叫姚邺宸的长史。这是一个为襄州刺史做文案的七品官。姚长史雅爱诗书，特别是喜欢孟浩然风神散朗，清淡自然的山水田园诗。姚长史听说孟浩然在鹿门山就跑来，想与诗人切磋请教。

姚长史头一回进山，因孟浩然醉酒，没有见到。第二回进山，说是孟浩然病了，也没有相见。姚长史真是个执着的文人，没过一个月，再次进山。寺里住持告诉姚长史，说孟浩然游山去了。姚长史在寺里等了半天，还不见游山的孟浩然回来，便告别住持下山去了。走到山口遇到一个樵夫坐在一块石头上歇息，见长史热情地打招呼："官家，下马歇歇脚吧。"

姚长史就下马。刚坐下，樵夫就问："是来见孟山人的吧？"

姚长史反问："你怎知道？"

樵夫笑了笑："时常有读书人来见孟山人，可是，这个孟山人却有些怪异，来人十之八九见不到他。您也是来与山人说诗论文的吧？"

姚长史说："孟浩然是与王维并称'王孟'的大诗人，他的山水田园诗文名扬天下，我是来向先生讨教的。"

樵夫从腰带上解下两个装酒的葫芦，一个递给姚长史说："秋天里山风硬，喝两口酒驱寒吧。"说着自己先饮一口，"孟浩然应试不第，仕途困顿，纵情山水，对自然景致、田园风光感慨几句，哪有什么好诗呀。"

"杜甫说孟山人的诗句，句尽堪传，此话不虚啊。"姚长史呷一口酒说。

他们坐在路边石上好一阵议论孟浩然的诗文，姚长史才上马走了。他很是奇怪，自己怎么和一个砍柴的人议论诗文这么长时间呢？

说着冬天就到了，姚邺宸就要随刺史大人进京赴任，他想在走前一定再去拜见孟浩然。姚长史就踏雪进山，进鹿门寺院，在住持僧房里喝茶暖身。住持问："又访孟山人来啦？"

姚长史说："年底就要进京了，想见一下孟先生啊。"

"去吧，刚才还见先生往屋子里抱柴，想是暖屋子迎长史的吧。"

姚长史推开孟浩然的屋子，里面暖暖的，却不见主人。长史就翻看先生散放在桌子上的诗笺。许久也不见主人影子，便走出屋子在院子里一边寻人，一边游览这座始建于东汉的寺院，一直到晌午也没有找到孟浩然。姚长史心中索然，与住持告别。

住持送姚长史出山，住持问："可与孟先生畅谈？"

姚长史悻然道："哪里畅谈，影子都没见一个，满院子寻，只见一个头戴幞头的扫雪人。"

"戴紫色幞头的人？哈哈，那便是孟山人啊。"住持仰头大笑。

姚长史愕然："失之交臂，看来我与山人真是无缘啊。"

住持笑了："你们是见过面的。就坐在路边一块石头上，还说了好大一阵话呢。"

此时，他们的脚步已经走到那块路石边。姚长史一下子想起，秋天坐在石上与樵夫谈诗论词的情景来了，他"啊"了一声，"那个樵夫就是孟浩然，孟山人哪？"

住持长笑不止。

人说：小隐隐于野，中隐隐于市，大隐隐于朝。可谁见过孟浩然这样隐居的呢？

姚长史不胜慨叹："孟浩然乃真正大隐啊！"

12　翡翠耳坠

　　沙逸仙是颍山寺院的一位监院，管理院里的财务账目、库房、吃喝拉撒等事情。这天吃过早饭，监院出院门往后山里去了。他远远看见山崖下那间茅屋顶上的炊烟正慢慢散去，就加快脚步，很快就走近茅屋前，隐隐听到屋里的读书声。沙监院会心一笑，奔到窗前，只听屋里人正在读荀子的《劝学篇》："是故无冥冥之志者，无昭昭之明；无惛惛之事者，无赫赫之功……"

　　监院走到门前，举手要敲门，脑海里忽然闪出一年前公子怨毒的目光，也想起几个月前来看望他时的那种冷漠，便放下手，返回寺里去了。

　　沙监院与读书公子的故事要从一年前说起。

那是去年仲春的一个午后，沙监院到颖山下的颖阳镇化缘。他在街上被垂头丧气的一个年轻人撞个趔趄。他拦住年轻人问："你是李家公子吧？怎么这般懊丧？"

年轻人一愣："师父怎么知道我是李家公子？"

"我刚刚从你家化缘出来，一猜便知道是李公子。"监院微笑着说，"要我帮助吗？"

"你帮不了我的。"

"那不见得，说不定能帮你呢。"

年轻人便说了赌场失意，被人撵出来的事。监院问："那些赢你钱的人还在里面吗？"

"在，全在里面狂赌呢。"

"贫僧将你输去的钱赢回来，你我平分，愿意吗？"

"愿意。"

两个人再进赌场，没有一个时辰，张公子输掉的钱全部回到监院手里。监院真是高人，在咫尺棋盘上静若池水，动则虎跃龙腾。把公子看呆了，也把他的瘾勾出来了。

监院把说好的那一半钱分给公子。公子说："想跟师父学两手，接着下两盘？"

监院一笑："就两盘。"

"两盘。"

再进赌场，两盘棋耗时半个时辰。棋局风起云涌，云谲波诡。张公子从未与这般高人下过棋，输得两手空空，却是极有兴致："师父，明天可否再次领教？"

"可以，不过，我输赢只在钱，房屋土地是不过手的。你就准备银两吧。"

第二天，两个人在赌场照面。公子没有拿出钱来，却从衣袖里掏出一对翡翠耳坠："这个可以吗？"

监院接过手一看，愣了一下："你想兑多少钱？"

"一百缗。"

监院伸出五指："五十缗。"

"八十缗。"

"我今天身上只带五十缗。"

公子一咬牙："罢，只当给师父纳学费了"。

不知道为什么，这区区五十缗的赌资，监院陪年轻人足足玩了一天。傍晚将身无分文的公子带到一家酒肆，摆下酒菜，边吃边说。监院问："李公子知道赌场规矩吧？不管是物件的价值几何，到了赌场只说议价，说下什么价，就什么价——你清楚这对耳坠真正的价值吗？"沙监院手里把玩着那对翡翠耳坠。

"不知道，只知道是奶奶家传之物。不过也就值一二百缗吧？"

"错！"监院收起耳坠，"可值千亩良田。"

公子惊骇万分："啊呀，这岂不要断我性命吗？"

"怕是你奶奶也一命呜呼啊。

公子扑通一声跪在监院脚下："师父救我一命吧。"

"两条人命，岂能说救就能救得了啊？"

"只要救我，晚生来世当牛做马报答师父。"

"佛家不图报。再说，今生事怎么拖到来世啊？"

年轻人长跪不起，泪流满面。监院喝完半壶酒说："只要你答应一件事，我还是能救你的。"

"答应，当牛做马都行。"

"不要你当牛做马，跟我进山。"

"做苦役？"

"不。"

"做僧人？"

"也不是。"

"那，进山做什么呢？"

"读书，寒窗苦读十年书。"

在生与死的抉择中，李公子选择了进山读书。

沙监院就写过契约。契约规定耳坠由公子带回家去，随监院进山读书十年。十年后，契约还给公子。半途毁约，再由监院拿着契约上门讨换耳坠。

第二天，李公子走进颍山，住进寺院后面的那间茅屋。

事后，李公子隐约感觉，这一切似乎是僧人设下的圈套，又想不明白设这个圈套是为什么呢？于是生疑，生怨，生监院一肚子气。

当沙监院又一次进山，那是一年之后的事情了。监院远远看见张公子敞开屋门，笑脸相迎："师父，想您呀，盼您多日啦！"

"呵呵。"监院一笑，"不再有怨气、厌恶之心啦？"

"没有，早就没有了。"

"怎么没有的呢？"

"读书，不仅去蒙明理，还明白怎样为人做事。子曰：德操然后能定，能定然后能应，能定能应，夫是之谓成人。师父是您把我引到正路上的呀！"

沙监院哈哈大笑："这就好，这就好哇。以后我每半月来与公子开课同学。你来这里已经两年了，给你两天假，回去看看家人可好？"

在以后的多年里，沙监院悉心培养李公子。唐玄宗开元二十三年（735年），红榜上公子的大名李颀二字赫然在列。不久新榜进士李颀赴新乡县尉任。

李家设宴为公子送行。颖山寺沙监院自然是要出席的。宴席上李颀首先给沙监院敬酒，却被监院拦住："要先敬你奶奶。你不知道，公子能有今日，全是奶奶一手安排。我等不过是顺从辅助而已。"

李公子多年的疑问，似乎在他脑海里开解：那个翡翠耳坠，契约文书，十年苦读，竟然是奶奶一手策划。

"奶奶，这一切都是您为孙儿的一生精心谋划的呀？"李顼跪下给奶奶敬酒。

此刻，沙监院也起身给老人家敬酒："老人家，我多年报答您的心愿，今天总算了结。我敬您一杯。"

这是李顼又一个不知道的谜。

沙监院再一次举起酒杯，对李顼说："在三十年前，我也是个浮华顽劣子弟，将祖业败个精光，被家人逐出。在离开家时，母亲从耳朵上摘下一对耳坠，偷偷塞给我，要我路上换食充饥。我一路忍饥挨饿，昏死在镇外。是你父亲背回来，由你奶奶悉心照料才活过来的。又是奶奶送我进颖山寺院修道才走上正道。今天是你帮助我还了一个心愿，我也敬你一杯。"

"哪，翡翠耳坠原来是你的？"李顼问。

"是的，我离开你们家时，留给奶奶做念想的。这对耳坠虽然做工精细，却不值钱，连两亩地也换不来哪。"

"对我家来说却是无价之宝啊！"奶奶将那对翡翠耳坠放在掌心里说，"它为我家换来了一名进士，一个县尉。这个耳坠是我传家之宝，要世代相传啊！"

李顼任职新乡县尉多年，没有升迁。他热心边塞诗创作，著名诗作有《古从军行》《古意》《塞下曲》等一百二十余首，其诗文奔放豪迈，慷慨悲凉。诗中刻画人物栩栩如生，发展了古典诗歌的艺术技巧。

李颀的七言律诗尤为后人推崇。

13　持竿叟

　　唐朝的谏诤官叫左拾遗,他们的工作就是挑皇帝和朝廷的毛病，谏言建议。

　　綦毋潜，字孝通，开元十四年（726年），第二次赴京考试，进士及第。历宜寿县尉几年，再任左拾遗，来到皇帝面前议政谏言来了。

　　储光羲与綦毋潜同榜及第，省试前他俩在长安城同一家会馆学习备考。两个人性格各异，但他们在道德修为方面却有着惊人的相似。特别是二人都喜欢写诗，这个共同的爱好，把两个人亲密地联系起来了。

　　綦毋潜从宜寿县尉任上进京任左拾遗的时候，正在做汜水县尉的储光羲急急忙忙跑来看他。两个人游山、吃酒、吟诗：古人云此水，一歃思千金。试使夷齐饮，终当不易心。他们吟咏的是东晋著名廉吏吴隐之的诗。就此二人好一番议论时下朝廷腐败，官官相护的种种险恶。

綦毋潜这就发现，储光羲这次是专门来劝说秉性耿直、性格刚烈的老朋友来了。为此，綦毋潜十分感激。在储光羲走的那天，他一直送到城外沣河岸边还依依不舍。

"孝通兄，官场凶险，一定要好自为之啊！"临别储光羲还拉着綦毋潜的双手万千叮嘱。

官场险恶，綦毋潜怎么不知呢。可是性格使然，遇到不公、不平的事情，他就管不住自己，不去管不说话，如鲠在喉。可是一说就得罪人，有时候还惹得玄宗皇帝不高兴。就在几天前，朝议赈灾的事情，御史大夫彭济房报陇州旱灾，陇州刺史要朝廷划拨白银八千两。綦毋潜一听就站出来反驳，说："河南道，暴雨成灾，大河决堤，千里泽国。要说陇州百姓哀愁，那么河南道百姓在号啕。可是上次朝议才拨给河南道三千两银子，孰轻孰重，该有个衡量吧？"

綦毋潜的意见得到大多数臣子的认可，皇帝也很赞成。为此还得到皇上的几句夸奖，赈济款项也做了调整。河南道赈济八千两白银，而陇州只赈济三千两银子。

綦毋潜得到皇上两句夸赞，却让御史大夫彭济房恨得咬牙切齿。

陇州刺史刘夤是彭济房的门生，陇州赈济奏报，他就是通过彭大夫的手递到皇上那里的。赈济数额原报的是四千两白银，被他改为八千两，递呈到皇上那里。这一块肥肉，眼睁睁地被綦毋潜一刀砍去了。彭济房能不气恼吗？气而生恨。从此，綦毋潜的日子就难过了。彭大夫在官场上说是道非，说尽了綦毋潜的坏话，还时常在皇上面前说他的不是。

蓄谋已久的御史大夫，终于找到报复綦毋潜的机会了。

这个机会来自陇州，有人奏报，说汜水县尉储光羲借建学堂、修缮县衙之机，为自己修了一座宅院，告他假公济私。彭大夫就在皇上面前说："皇上，左拾遗綦毋潜公正廉明，派他去查一查汜水县的案子吧。"

皇上同意，还把官文下达到陇州和汜水县。当然，没有说是去查储光羲，而是说巡察汜水县民情。

綦毋潜到了汜水，县尉储光羲安住在会馆。几天过去了，储光羲这个老朋友不理不睬的很是冷淡。綦毋潜就去了储光羲家，还带去他亲手抄录的北齐《颜氏家训·勉学》，送老朋友六岁的儿子。

储光羲自是备了几样小菜，还拿出汜水酿制的酒，招待来自京城的好朋友。酒过三巡，储光羲说："綦兄，我是知道你这次来汜水做什么的，不得不回避，真是难为你了。"

既然老朋友知道此行，綦毋潜也不遮掩："公是公，私是私，公私分明，兄弟还是明白这个道理的。"

储光羲一笑："那就公事公办喽。"

綦毋潜也是一笑："自然，要是你有事，实事求是上报朝廷；若是没有事，我来也为你洗个清白不是。"

储光羲又一笑："兄弟若有事，莫不你还真把我送进牢狱？"

綦毋潜也跟着一笑："不是我送兄弟进牢狱，而是大唐王法送你住牢间啊。"

綦毋潜看着储光羲喝了一杯酒，他也举杯喝净杯中酒，说："真的有一天兄弟你坐牢，我天天为你送饭，你的家小也由我全力接济……"

储光羲的眼泪一下子涌了出来。

在调查储光羲的时候，没有发现他任何假公济私的事情，反而发现陇州刺史刘羡贪赃枉法的许多蛛丝马迹。耿介自守的綦毋潜，一路查下去，掌握了刘羡大量贪污受贿的证据，报到皇上那里去，不仅把刘羡送进大牢，还把他的后台彭房济的官职一撸到底，赶出长安。

应该说綦毋潜扬善弃恶，扶正祛邪，理应得到朝廷的嘉奖。可是昏昏然的满朝文武官吏，都明哲保身，没人为他说一句公道话。

这边綦毋潜伤心，那边储光羲寒心。

开元二十一年（733年）冬，储光羲辞官归隐，来到长安与綦毋潜告别，两个人说起官场的事，都觉得黯淡无光，前途渺茫。储光羲归隐之后不久，綦毋潜最后也下定决心弃官南返。他先在江淮一带游历，足迹几乎遍及江南的名山胜迹。

天宝初年，綦毋潜重返长安谋求复官，开始任左拾遗，后升为著作郎，五品衔。"安史之乱"爆发，朝廷的腐败倾轧使綦毋潜再一次猛醒，他再度归隐，仍游于江淮一带。

一天傍晚，綦毋潜游若耶溪，泛舟溪上。诗人看到水清如镜，照映众山倒影，窥之如画，诗兴大发，作《春泛若耶溪》一诗："幽意无断绝，此去随所偶。晚风吹行舟，花路入溪口。际夜转西壑，隔山望南斗。潭烟飞溶溶，林月低向后。生事且弥漫，愿为持竿叟。"

诗人触景生情，表达了隐身山水，愿做一个持竿叟的心迹。

"生事且弥漫，愿为持竿叟。"诗人远离是非纷杂，融入自然，置身水光月色，以"持竿叟""垂钓人"的淡泊宁静心态，清净有为，自尊自持，面对人生世事，表现出诗人刚正高洁的品德。

后人认为《春泛若耶溪》一诗为綦毋潜的代表作，千古流传。

14 梨花纷飞

孟浩然患了疽疾，吃药调养了一些日子就要痊愈了。

这天早晨醒来，早饭后不久，王昌龄骑着一头驴来了。

王昌龄，字少伯，著名边塞诗人。少伯来了，孟浩然很高兴。设宴款待，觥筹交错，两人相谈甚欢。宴席上有一道菜历来是襄阳人宴客时必备的美味佳肴——汉江中的查头鳊，味极肥美。浪情宴谑，孟浩然忘了郎中的嘱咐，不禁食指大动，举箸就尝。结果，王昌龄还没离开襄阳，孟浩然就永远闭上了眼睛，时年五十岁。

孟浩然就埋在草屋后面的山坡上。

王昌龄悔恨不已，心中很是愧疚，终日茶饭不思。

王昌龄离开襄阳，一路上很悲伤地来到巴陵，意外遇见李白。当时李白正在被流放夜郎的途中。他俩一见如故，在小船上，泛舟吟诗饮酒。王昌龄说起孟山人与自己饮宴故去后心中的不安，不知道怎样去安抚自己愧疚的心情。

李白和孟浩然也是好朋友，为他的故去很是悲伤，却安慰王昌龄说："人命天定，孟山人命数大概如此吧。来咱们以这杯酒祭奠一下孟山人吧。"

李白饮了杯中酒，看见王昌龄的眼泪流了出来，说："我想攒些钱给孟山人建个祠或立个碑。"李白拊掌称赞："这样甚好！"

先前，王昌龄写文章都不接人家半文钱的。现在为孟浩然修碑，一个小小的江宁丞哪里有多少钱呢。于是就想用文字换钱。消息传出去后，以前不好开口求诗文的人，这时候都拿着钱来了。还有一些来求写碑文、墓志铭的人也来了。以前少伯是不给人写这类文字的，现在为了筹钱，也写此类文字了，那是没办法的事情。

江宁州判司陈北桥，是一位负责官吏考核的七品官，因为每一年的官吏考核都要上报朝廷。一些做官的都巴结陈判司，送钱、送物、送女人。下面一个县官从金陵找来一个绝美女子送给陈判司，一下子把判司迷住，百般讨好这个女子，送锦缎、送首饰。这些东西多了，女人也就不稀罕了。再送什么？陈判司想到送赞美女子的诗文，博得美人一笑。

陈判司就派府上管家来到王昌龄家里，拐弯抹角说了来意。王昌龄就心烦，碍着判司的官职，婉言推托了。

陈北桥是个小人，觉得王昌龄驳了他的面子，恨恨地说：让他等着瞧。

陈北桥终于想到一个报复王昌龄的办法。

一天，陈判司邀来一帮朋友，这里还有王昌龄，要他们欣赏最近到手的一块老坑翡翠。大家七嘴八舌夸赞奇石。陈判司也叫来了那个金陵女子，女子怀抱一只猫站在判司一旁。陈北桥看了一眼王昌龄说："少伯是很有眼力的，你给咱瞧瞧，这块玉石不是个假玩意儿吧？"说着把玉石递到王昌龄手里。王昌龄刚拿到那块玉石，那女人怀里的猫忽然尖叫一声，窜出去，掠过王昌龄的眼前，他一惊，"啪"的一声，手里的翡翠掉在地上，碎了。接着是耳边一片惊呼声。

王昌龄傻眼了，惊呆地站在那里一动不动。

这时候，陈判司侧过脸，对站在一侧的管家使了一个眼色。管家会心一笑，站到王昌龄面前："少伯，翡翠摔了就摔了，判司也不怎么稀罕这玩意儿。您写一首诗给判司，不就等于赔偿了嘛。"

围观的人都说："这个主意甚好，甚妙。"

陈判司对那金陵女子说："还不求少伯先生作首诗送你？"

金陵女子微微一笑，给王昌龄道了一个万福。

王昌龄点点头，应下了。

回到家，王昌龄仔细一琢磨，这是个圈套啊！可是又怎么说得清楚呢，再说也答应了人家，就按上次管家说的意思，硬着头给那金陵女子作了一首诗送去了。

王昌龄笔墨换回钱，算来只够给孟山人修一座墓。立碑、建祠堂就差得远了。可是，一想起陈判司家的那场龌龊事，他再也没有心思去卖文攒钱为孟浩然修祠立碑的勇气了。

罢了，先给孟山人修个墓吧。

王昌龄就用卖字攒下来的钱，为孟浩然修筑一座墓。在墓前，王昌龄燃香叩头："孟先生，兄弟实在是没本事，先给您修这个墓吧，您在那边耐心地等着，兄弟一定前去陪您，当面赔罪吧。"

也许这是一句谶语，也许是命运使然吧。在王昌龄给孟浩然修墓后不久便不幸被害。

这件事发生在"安史之乱"的第二年，五十九岁的王昌龄从龙际县尉任上辗转回老家途中，经亳州，被亳州刺史闾丘晓杀害。

闾丘晓为什么要杀害王昌龄呢？史书记载甚少，留下千古之谜。但元人辛文房《唐才子传》卷二"王昌龄"名下，有一句发人深思的话："以刀火之际归乡里，为刺史闾丘晓所忌而杀"。

许多史学家认为"忌而杀"三字，道出了王昌龄的死因。

常言道：路不平有人铲，事不平有人管。草菅人命的闾丘晓岂能例外？王昌龄冤死后不久，时任宰相兼河南节度使的张镐，就为他报了仇。

那是757年，张镐奉命平定"安史之乱"。为解宋州之围，令亳州刺史闾丘晓率兵救援。为人傲慢、刚愎自用的闾丘晓，看不起布衣出身的张镐，更怕仗打败了"祸及于己"。于是故意拖延时间，按兵不动，致使贻误战机，宋州失陷。最后，张镐以贻误军机罪，要处死闾丘晓。

在行刑时，闾丘晓露出一副可怜相，乞求张镐放他一条生路："有亲，乞贷余命。"意思是说家有老母需要赡养。张镐不愧是宰相之材，一句话就把闾丘晓挡了回去："王昌龄之亲，欲与谁养？"闾丘晓闻听此言，便默然无语了。

其实，张镐并不认识王昌龄，因喜欢他的诗，欣赏诗人的品格，听说被闾丘晓所害，便借故贻误军机罪杀了闾丘晓。

这是一个春天，梨花盛开。张镐站在梨花树下，一阵风吹来，梨花纷飞，将军脚下一片银白，他仰天长歌："少伯安息吧！"

15　相府的客人

唐朝诗人王湾的诗不多。名气却不小。

王湾洛阳人，唐玄宗先天年间（712—713年）进士及第，授荥阳县主簿。主簿是县里掌管文书的佐吏，是个很小的官。掌管文书的王主簿每年为县令写《考绩表》呈报到朝廷吏部。王湾一笔好字，又一手好文章，让吏部考官看了无不称赞，常常呈送到皇帝案上，让陛下御览。陛下也是赞不绝口。这时候朝廷要编辑一套官府藏图书《群书四部录》二百卷。

王湾就被招进宫里，做编撰辑集工作。

与王湾一同做编撰的有十多人，其中还有和他一同进士及第的同乡人彦辉。彦辉长得清秀，一笑一颦透着机敏乖巧，在编撰工作上却是力不从心，只能做一些打杂的事。

编撰每五册，就要派人送到礼部尚书那里阅审，这个差事就落在彦辉手里。彦辉乐此不疲，上传下达，把编者的意见报告给尚书大人，再把尚书大人的指示传达给大家。这样一来二去指手画脚的彦辉似乎成了大家的领班。礼部尚书那边也是这样认为的。

《群书四部录》历时九年成书。编书有功，朝廷升了大家的官职。王湾受任洛阳尉，从七品，其他人大约也是这样的品级。只有彦辉一人升职正六品文散官承议郎。

淡薄仕途的王湾，自然不去多计较洛阳尉这个官职。喜欢诗词作文的王湾更有闲暇交接文人墨客，游历山水，以诗酒为乐。在先天年间或开元初年，王湾由楚入吴在沿江东行途中，泊舟于江苏镇江北固山下。当时正值冬尽春来，旭日初升。诗人面对江南景色，置身水路孤舟，感受时光流逝。油然而生别绪乡思，诗情迸发，当即展纸挥毫写下："客路青山下，行舟绿水前。潮平两岸阔，风正一帆悬。海日生残夜，江春入旧年。乡书何处达，归雁洛阳边。"再提诗名《次北崮山下》罢，饮酒陶醉于诗酒里。

这时候，阳光普照，青山绿水，一行飞雁正从天上飞过。

《次北崮山下》风靡当时的诗坛。

在王湾游历山水，行走于诗情画意的十几年里，他的同窗乡友彦辉凭着机敏和伶俐，在仕途上走得异常顺畅。在张说为相的第一年他就升任为礼部尚书，成为相府的常客。也常常进宫见皇上，经常说一些让圣上高兴的话，博得皇上的一笑。

王湾年老走不动了，就想进京谋一个闲职，安安稳稳地度过晚年。这事就拜托同窗彦辉帮忙，便修书至彦辉。彦辉不日就来信说："静候佳音。"

按说，一个七品小官进京城谋个闲职，对一位二品大员来说是易如反掌得，只要彦辉在宰相张说耳边随便叨咕一二句就成了。可是，问题就出在王湾写的那篇《次北崮山下》一诗上。

原来，宰相张说也是个喜欢诗词的人，看到王湾的《次北崮山下》诗，爱不释手，亲自将这首诗题写于政事堂上，"每示能文，令为楷式"。

彦辉看到宰相亲手书的《次北崮山下》展示在政事堂里，嫉贤妒能的尚书大人就改变了主意，给王湾回信说："宰相大人甚不喜欢舞文弄墨，更厌恶因文废事的官员。说王湾四处涂鸦，荒废政事，老夫不免他洛阳尉，是留给他一个面子……"

王湾看过彦辉的信，对宰相张说虽然有怨意，过些日子就淡薄了。那年仲秋，王湾进京与荥阳、咸阳等外地进京的官员一起到相府拜望张相。王湾在相府政事堂里看到张相亲手题写的《次北崮山下》，正在愕然。这时候，张相再次夸赞这篇诗文是诗中楷模，诗苑奇葩。有人便说："写诗人就在此啊。"说着就把王湾推到宰相面前。张相上前握住王湾的双手，很是激动地说：

"王先生啊，久仰大名。做洛阳尉多少年了，不觉得委屈吗？"

王湾一笑："不委屈，不委屈。宰相记得王湾，就不委屈。"

那天，张相只留王湾一人，在府上小酌。宰相告诉他：朝野上下有不少人举荐你做州府道官，我没有答应。为什么？这些地方官员俯拾即是。就是在朝里做个大夫、尚书的官，也不难找啊。可是能写出"海日生残夜，江春入旧年"这样艳丽千秋诗句的人，天下有几人啊。我提任一个官职，却毁掉诗坛一代耀眼明星，其罪是可口诛、可笔伐的呀。

宰相的这番话，让王湾深为感动。在王湾对宰相的误解消除的同时，对同窗乡友彦辉有了更深刻的认识。

这时候，喜欢附庸权势的彦辉，攀附上了太平公主。还参与她废掉太子的阴谋集团，事情败露，彦辉与团伙的许多人锒铛入狱。

由张说宰相审理这个案子。张相知道彦辉是王湾的同窗，又是同乡，对彦辉一定是有些话要说的。一次闲谈，提起彦辉案的事情，张说问王湾："你说，彦辉在先生眼里是个怎样的人啊？"

王湾说："彦辉在我眼是怎样的人，已经不重要了。他为自己的所作所为已经付出代价，宰相大人按照大唐律例裁判就是了。"

宰相看出来了，王湾是个品行端正，又是个行事严谨的人。可惜，这样的人无论在朝廷，还是在地方官员里都不多见啊！

这天，宰相请王湾在府上用餐，两个人再一次小酌。

16　遥望长安

祖咏是个很重感情的人。

开元十二年（724年）正月，祖咏以《终南山望余雪》四句诗，登杜绾榜进士。在这里他的诗才和勇气都得到充分的张扬。

这时候的宰相是大政治家，诗人张说。他听说四句诗进士及第的祖咏，很是欣赏，经他举荐做了驾部员外郎。这是一个掌管御辇、传乘、邮驿的小官。祖咏很是感激举荐他的宰相张说。

张说这个人也重感情，在朝总是关照提携自己的门生、诗友。尤其重词学之士，一批文人学士，如张九龄、贺知章、王维、王翰等常游其门。祖咏进了这个圈子，也就认识了这些名家，与张九龄、王维、王翰走得很近。

开元十三年（725年），张说主持唐玄宗东封泰山大典。一向关照门生、诗友的张相将部属中书省、门下省与自己亲近的一大批文官都带到封禅大典上。给这些人一个接近皇上的机会，还会得到皇上一份颁赏。更重要的是，还让这些人得到破格提拔任用的好机会。

可是，这种皇恩却与武官和那些不通文墨的官员无缘。张九龄在起草推恩颁赏诏令时，发现这种做法有失公允，事后必然会引起纷争，这样对宰相的声望会带来损坏。于是建议宰相改变这个做法，还提醒张相说："现在纠正还不迟。"

张说听了很不高兴地说："皇上的封禅大典，本就是文官来做的事情。那些武官想建功立业，到沙场去嘛。"

张九龄摇摇头，没再说什么，低头写诏令去了。诏令颁布后，朝廷内外议论纷纷。一些武官联络朝臣弹劾张说。皇上在很大的压力下免去张说的宰相职位，还罢免与张说亲近的几位大员的官职。有些乖巧的人就悄悄远离张说。只有祖咏，比先前更亲近张说，还到处说："张相乃一代文宗，其才谁能与之比。"祖咏自己也不干了，辞去了驾部员外郎，回到洛阳家中闲居起来。

忽然有一天，好友王翰来了。王翰也受张说牵连被贬谪到汝州任刺史。他是绕道来洛阳看望闲居中的祖咏。两个人悲喜交加，有说不完的话。最后，祖咏干脆送王翰到汝州。

汝州山清水秀，人情古朴。祖咏就想在这里久居。于是回洛阳变卖了家产，带着家眷返回汝州。在王翰的帮助下，在城外建起自己的汝坟山庄，过起了田园生活。还以诗文感言："失路农为业，移家到汝坟。独愁常废卷，多病久离群。"

在汝州的田园式生活过了许多年，祖咏很想他的另一个朋友——王维。听说王维在朝廷做事也很不顺心，到终南山里过着半官半隐的日子。昨夜祖咏又梦见王维来了，早晨一起来，祖咏在山庄外面的池塘里放鹅，不时往山路上看。这时候，山路上出现一个影子，影子越来越近。再近了，来的果真是王维。

"啊呀呀，摩诘（王维字）兄，想死我啦！"祖咏上前抱住王维，眼泪就出来了。他发现王维的身子也微微发抖，他说："祖兄我也想你呀！"

他们坐下来喝酒。王维问："祖兄，山里住得寂寞吧？"

祖咏拿出厚厚一沓诗稿说："不寂寞，充实得很哩。你看我写了多少诗。"

"祖兄的诗，辞意清新，文字洗练。"王维翻阅祖咏的诗，由衷地赞美，"特别是诗意镌刻省静，用思尤苦，难得，难得呀。"

王维是山水诗人，其山水诗具有禅宗美学之风，与祖咏田园诗迥然。可是在诗意、诗境、诗韵上的话题还是说到一起的。

王维在山庄里住下了，两个人谈诗论词，游汝州的山水。这天由秀女峰上下来，返回汝州城，两个人都饿肚子，走进一家酒楼小酌。话语仍离不开诗词。

王维说："可惜，这位兄台纵情击鼓，恣为欢赏，没有时间作诗喽。"

说起王翰，祖咏和王维前些天是去过他府邸的，喝了一下午茶。王维想到这里，说："王翰这两天也该来看我们了。"

这时候，一个人走上楼来，正是王翰。祖咏说："你真不经念叨，才说到你，你就来了。快，坐下来喝酒。"

王翰坐下来，还气喘吁吁得，他说："我刚刚从汝坟山庄那边来，刚到楼下，有人告诉我二位在楼上，便上来了。"

祖咏问："有事？"

"长安那边来信说，皇上召张说兄进京了。有人猜可能会再次拜相，皇上是在等着一个机会啊。"

熟稔官道的王维说："是在等一个奏章啊。"

王翰说："来信也是这么说的，我们是不是该上这个奏章啊？"

王维沉思片刻，说："皇上免去张说的宰相职，如今又要他上任，总得有个说辞，也给自己找一个台阶下吧。咱们就给皇上送一个台阶下。祖咏写奏章。"

祖咏要过纸笔来拟文，将推举张说为相的理由尽数写上。最后写道："励精图治，鼎助皇上开创盛世，非能臣张说耳。"在签名的事上，三个人有些争执。最后还是王维定夺：奏章由无官无职的祖咏和半官半隐的王维拟稿，王翰转呈，有意保护在职位上的王翰。

果然，陛下等的就是这个奏章。有了奏章，皇上也就有了理由，很快让张说再次为相，帮助唐玄宗开创"开元盛世"。那些昔日与张说要好的官员也一一被召回长安。张九龄、王维、王翰也先后进京做官去了。

张说宰相几次来信，请祖咏进京任职，都被婉言谢绝。祖咏依然在他的汝坟山庄养鱼、放鹅、侍弄田园，过着很恬静的生活。然而，诗人热爱祖国，立志报国的豪情如熊熊烈焰一直在燃烧着。于是，笔下涌出豪迈的诗文："燕台一去客心惊，箫鼓喧喧汉将营；万里寒光生积雪，三边曙色动危旌。沙场烽火连胡月，海畔云山拥蓟城。少小虽非投笔吏，论功还欲请长缨。"

祖咏写的这首《望蓟门》一诗，很快传到在长安的王维手里。王维读过后赞叹连连！

17　心有阳光

　　王维自幼天资过人，两岁识字，四岁学画，七岁作诗。在十几岁的时候，已经是蒲州小有名气的诗人了。

　　王维在十七岁那年，离开河东蒲州进京学习，准备来年的应试。王维在京城找到了一间安静的客栈住了下来，每天在这里安心学习。在客栈里还有一些像他一样应试的学子，看到他们每每在花前月下饮酒作乐时。王维感到自己好孤单、好寂寞，却不与他们为伍。实在是寂寞了就上街转一转。他常去的地方是书画坊，一条很老的街。满街都是书院、书坊、书局，还有一些画廊，间或夹杂的几家酒肆、茶楼。

　　一天，王维走进一家临街的小画廊，里面有一位画师两个伙计。画师五十多岁的样子，穿着一身素白的绸衫。两个小伙计，年长一些的学裱画，年幼的在店里打杂。

画师画草虫飞禽，最善画狐。

王维站在画案前，看画师画狐捕蝶。看正得入神，画师说话了，声音沙哑而单薄："是来进京赶考的吧？"

"是。"王维回答。他奇怪，画师怎么就知道他是赶考的呢？想问，却又被问住了。"想学画画吧？"王维点头又说了声"是"。

"那你就过来吧，住在这里也行，和两个伙计做伴，住在堂后小屋。"

这时候画师才抬头，王维看到一张苍白的脸，似乎没有一点血色，头发也是一堆雪白。

王维暂居到画廊，边读书边学画。晚上与两个伙计住在一起。几天后发现，他们小屋子对面有一道虚掩的门，走进去是个不大的院子，里面有一座假山，一畦荷花池，荷花池后面有一间小阁楼。

王维问小伙计："这里可以住人吗？怎么就闲着呢？"

小伙计说："小楼闲置多年了，想住，你跟画师说呗。"

王维找到画师，说要住进阁楼。画师一笑便答应了。

小院里阁楼安静极了。王维每天读书作画，画作进步很快。

特别是跟画师学画狐，有模有样。这天晚上，王维读了一会儿《名经》累了，就作画，画狐。第一笔画狐头，接下来几笔画狐身，最后一笔扫出狐尾。宣纸上一只墨狐就有形了。王维再换一支笔，沾过浓墨，细细画狐的嘴和眼睛。眼是媚眼，更需细心。王维画完，反复端详，甚是满意。也就在这时候，阁楼的窗棂忽然开了。先是探出一个毛茸茸的小脑袋，再后整个身子跳到窗台上。原来是一只雪白的小银狐，睁圆眼睛出神地看宣纸上画的狐。王维喜欢极了，想起晚饭时留下来的一块鸡翅给这个可爱的小家伙吃。当他从外间取回鸡翅时，小银狐走了。发现宣纸上留下一点朱红的唇印。

自这一天起，王维更喜欢画狐。那只小银狐也常常来看他画的狐狸。王维总备一些鸡翅、小鱼，还有甜酒给小银狐食用，小狐却半点不沾。

一个月圆的晚上，王维又画狐，娴熟的笔法，几笔就画出狐的身形，再换笔画狐的眉眼。他画过嘴、鼻子，也画好一只眼，再画另一只时，忽然一股风吹进来把烛台上的蜡烛吹灭了。王维想再点燃蜡烛，却找不着引火。这时，一束月光射进窗来，正照在宣纸上，他拿起笔，在月影下画完狐的另一只眼睛，然后洗净笔砚睡下了。

第二天早起，王维拿起他昨天的画作，发现在月光下画的那一只狐眼，像人的玻璃眼，浑浊不清，一声叹气便收起来。

又过了几天，画师问："来店里有三个月了吧？"

王维答："是呢，整整三个月啦。"

"听说画了许多张狐。你从每一月画作中选出三张来，让师父看看。"

王维从一堆画里挑出九张拿到画师画案上。画师一字摆开细细端详说："第一月的画虽显幼嫩却透着俊秀灵气；第二月的画就自然娴熟了；第三月的画嘛，恬淡而隐忧，这是文人画的特点。"最后画师的眼睛停留在那个月夜画作上，摇头轻叹。王维悔恨不已，不该把这张画选来让画师失望啊。

画师坐到椅子，饮茶不语。王维想解释那张画失败的眼睛。

画师摆摆手："凡事要做在明媚的阳光里。你却在月影里点睛，画得浑浊不明，画作哪里还有精气魂灵呢？"画师的话似藏着什么玄奥。王维一时难解，又不好问画师，却在心里记住了这句话。

这天，画师送王维回到先前住的那家客栈继续读书了。

王维开元九年（728年）中进士，任太乐丞。以后一路晋升为右拾遗、监察御史、节度幕判官。出仕后在京城南蓝田山麓，依山傍水，修建一所别墅，常常约来文友，吟诗作画，安逸休闲。

天宝十四年（755年），"安史之乱"爆发了。

其实王维是准备好随玄宗皇帝一起走的，但竟因为一件小事被叛军抓住，要他为他们效力。王维佯装有病，不与叛贼合流。却抵不住那些变节官吏的百般游说、威逼利诱，糊里糊涂任了伪官。

乱贼平息后，朝廷要惩治叛臣。失节的王维被抓要惩办。

王维毕竟是个文人名仕，有人就站出来，在唐肃宗面前读王维的诗："万户伤心生野烟，百官何日更朝天。秋槐落叶空宫里，凝碧池头奏管弦。"接着说："皇上，王维虽然被迫为叛贼做了事，却有亡国之痛，也一直思念着您和朝廷啊。"

其弟王缙时任刑部侍郎，请求削籍为兄赎罪。皇上宽宥王维，降职留用。

这时候，王维忽然想起他十七岁那年，画师说的"凡事要做在明媚的阳光里"这句话，后悔自己稀里糊涂附逆，失了名节。

后来，王维恢复了官位，还一路晋升，做了尚书右丞，就是一国之宰相了。这时候的王维总是想着画师的话，心有阳光，光明磊落为官为人，为百姓做了许多好事。晚年，王维辞官，走进民间，隐于乡野，吟诗作画，为后人留下"诗佛"的美名。

18　双子星

　　洛阳牡丹的花期是在农历的三月初至四月初。那一年，洛阳牡丹的开花期推迟了半个月，好似在等一个人的到来。

　　果然，那个人在一个阳光明媚的中午走进洛阳城。他在街边的食摊上吃过一碗面就急匆匆去景园赏花了。园里牡丹在艳阳里开得蓬蓬勃勃。

　　这个赏花的是一位诗人。他在景园赏花到日暮，才依依不舍地走出园子，来到墨子街一家客栈的门口。正要迈步上台阶，对面匆匆走来一个一身长衫、头戴一顶幞头的人。两个人在台阶下站住，诗人示意幞头人先请。

　　幞头人上下打量一下诗人。提起长衫下摆迈步上了台阶，走进院子。

诗人看到幞头人年龄小他几岁，心里就有了几分不快，他就想戏弄一下。在院子里他把背囊解下了，拎在右手里，走到厅堂门前说："劳驾，请给我撩开门帘。"

幞头人看了一眼诗人，一手拎背囊，一手提书袋，就为他撩开了门帘。

第二天，幞头人就知道了对方的名字，他既惊喜又惭愧。原来诗人竟是浪迹天下、以诗酒自适、诗名远扬的大诗人李白。

李白也听说了，幞头人是杜甫，字子美。

他们，一个自长安沿黄河东下来到洛阳。一个游历四方，前天刚刚落脚墨子街客栈。杜甫十分仰慕李白的人格、诗风，也听说他不为权贵所容而被唐明皇以"赐金放还"的名义遣出长安的事情。没想到竟在洛阳与他相会。

李白也很是看重踌躇满志、一心报国、充满着忧国爱民情怀的杜甫。

在入住客栈的日子里，李杜二人或在厅堂或在庭院常常见面，彼此都热情问候。

"李先生，闲暇时请到我屋里饮茶哟。"

"杜先生，有闲时可否小酌一下？"

或是文人的矜持，或是怕搅扰对方，他们虽然相约多次却一直没有坐到一起饮酒喝茶。这天刚刚近午，李白在餐厅靠窗口的

桌子旁坐下，叫店家温来一壶酒。他等着杜甫来与他共饮。不一会儿，杜甫果真就走过来了，身后跟着端着茶盘的书童。书童把茶点轻放到李白的酒桌上，就被杜甫挥手退下。杜甫亲手为李白满了一杯茶。

李白也起身为杜甫斟满一杯酒："请子美（杜甫字）坐下来同饮。"

一壶酒，一盏茶，李杜二人谈诗论词，纵论天下，显示出他们的激情与豪迈。

这一天，他们喝酒论文从中午到午夜，一直在酒国里激情飞扬。杜甫后来在《寄李十二白二十韵》一诗中写道："剧谈怜野逸，嗜酒见天真。"说的就是自己和李白这一次见面的情景。

这一年是天宝三年（744年）。

李白四十四岁，杜甫三十三岁。这是中国文学史上最伟大的两位诗人不平凡的相遇。

天宝四年（745年）秋天，李白杜甫再次相聚于鲁城，二人饮酒作诗，游历山河，探亲访友，度过一个快乐而短暂的时光后分手。杜甫自鲁进长安，李白则重访江东，游历山河去了。

几年后，杜甫到湖城，住在诗友刘璟家里。一天，杜甫只身在城南闲游，遇到诗人孟云卿，他很是高兴。拉住孟云卿的手回到刘璟家中，三位诗人坐下饮酒吟诗。他们吟唱了杜甫为李白写的诗词："昔年有狂客，号尔谪仙人。笔落惊风雨，诗成泣鬼神……李白一斗诗百篇，长安市上酒家眠。"

杯中酒凉了，刘璟唤人又温了一壶，给两位诗友满上，说："刚才咱们吟了子美兄的几首诗，下面我来吟一下李白的《鲁郡东石门送杜二甫》："醉别复几日，登临遍池台。何时石门路，重有金樽开。秋波落泗水，海色明徂徕。飞蓬各自远，且尽手中杯。"

这时候孟云卿说话了："诗人当以切磋诗艺为乐事，可是太白这八句诗都是痛饮大醉的趣事，对子美的诗文一字未提，很是难解。"

"是啊，"刘璟接过话道，"子美有二十几首诗文写思念太白，赞美太白诗作是美文。可是呢，太白写子美的诗只是那么两三首，似乎小气了些嘛。"

杜甫急忙制止，说："太白先生乃是慷慨豪放之士，他岂是吝啬几行诗句评价我的诗作呢？那是因为我的诗文还不好，先生是在期待着我长进啊。"

孟云卿、刘璟同时拊掌："子美真是善解人意呀，见识也深刻。那咱们就一起期待着拜读先生的大作喽！"

几年后，杜甫的这番话传到李白耳朵里。那时候李白辗转至宣城小住。很是潦倒的李白听了杜甫传来的话潸然泪下，感叹说："天底下哪里还有比子美更理解我的人啊？"

后来有人说：李白杜甫是中国诗歌史上的"双子星"，这个友谊就在李白感叹的那一刻就牢牢地奠定了。

19 诗 圣

杜甫带着家人逃难到鄜州,安顿好了就重返朝廷,接着效力。没想到半路上被叛军抓住押解到长安,关进大牢。这时候的大牢里关押着许多朝廷大员,挤满大小牢间。那时,杜甫只是个京正兆府兵曹参军,一个小小的八品官。牢头看管严格的是那些大官和有影响的名人,自然就放松了对一个八品小官的监管。杜甫就借这个疏漏,趁机逃出长安,一路奔走,来到陕西的凤翔。

当时刚刚接过皇位的唐肃宗,丢了长安和洛阳,只好在凤翔主持大计。杜甫见这位新皇上时真是狼狈极了,可谓"麻鞋见天子,衣袖露两肘"。皇上见了杜参军很高兴,患难见真情,就封他一个叫左拾遗的官职。虽然还是个八品,却与先前的参军这样一个地方小官不同，要常常陪在皇上左右，是参与一些重大事件的商讨和建言的谏官。杜甫自然也是很高兴的，就想着真心实意履行职责，不负皇恩。杜甫刚当这个官，没过半个月就遇到一桩事——当朝宰相房琯被弹劾。

房琯被弹劾罢官，是因为他犯了两个重大错误。

第一个错误，房琯向皇帝请缨收复两京——长安和洛阳。可房琯是个书生，哪里会用兵呢。弄了两千乘的战车用牛拉着，让步兵和骑兵夹杂在一起向敌人进攻。被叛军用火攻纵火一烧，唐军大败。两天里吃了两个败仗，房琯向皇上负荆请罪。唐肃宗为了拉拢人心，又因为房琯是唐玄宗的旧臣，用了房琯，一大批原来效忠于玄宗的人，就有可能跑到他的麾下。再加上房琯是当朝名士，所以用了房琯等于一石几鸟，达到政治目的，所以没有予以追究。这是一件事。

第二件事，房琯有一个好朋友叫董庭兰，是个有名的琴师。他借着与当朝宰相是好友这层关系，贪赃枉法，贪污受贿，因此遭到房琯政敌的弹劾。皇上震怒，想就此罢免房琯的宰相之职。

说来这两件事还只是表面现象，其实背后的原因，还是老皇帝唐玄宗和新皇帝唐肃宗的矛盾。就是说新皇帝继位之后，跟太上皇的原来那帮人，到底怎么处理关系的问题。房琯这个事件只不过是其中的一个导火索罢了。凡是知道这里内情、懂得官场规矩的人，哪个会去撞这个红线呢？可是书生意气十足的杜甫太天真了。自恃是左拾遗，就给皇上提意见：董庭兰是宰相手下的一个琴师，他胡作非为，贪赃枉法是他罪戾。这些与房宰相有什么关系吗？就这么点小事就要免去房宰相的职务吗？

唐肃宗睨视一眼这个刚刚任命的左拾遗，心想：他哪里知道朕的一系列治国治军的方略呀。对这个不知天高地厚的八品左拾遗很是不满。皇上龙颜大怒，把杜甫轰下朝堂。接着再议，罢免杜甫左拾遗的官职。幸亏另外有一位宰相叫张镐，出面跟皇上说："皇上，您为这么一点小事就免职法办杜甫，以后就没人敢给您建言了。以后断了言路，于新政有什么好处啊？"

皇上想了想，把心中怒气压下来，罚了杜甫三个月薪俸,放他三个月的长假。其实就是赶走了杜甫。

从这件事看出，一个书生意气的杜甫真是不适于官场啊！

杜甫却没有半点醒悟，继续他的天真。

这时候，唐朝军队先后收复了长安和洛阳。太上皇唐玄宗和皇上唐肃宗先后回到长安，举国欢庆，准备迎接大唐王朝复兴。天真的杜甫满怀喜悦地带着家人，一路奔波从鄜州回到长安，想着为大唐王朝的再次振兴效犬马之劳。

这时，一场唐朝新老皇帝之间展开的政治斗争，从暗处走到了明处，失势的唐玄宗被软禁在太极深宫内。那些被认为与老皇帝关系密切的大臣，或被罢免，或被疏远。先罢官的有房琯、贾至、严武，包括天真无比的杜甫。当然，杜甫跟人家前面三个人比，那官就太小了。就胡乱安排到了华州，做一个小小的司功参军。官不大，事情多，而且特别麻烦。他写了一首诗，表达那时的心境："七月六日苦炎蒸，对食暂餐还不能。常愁夜来皆是蝎，况乃秋后转多蝇。束带发狂欲大叫，簿书何急来用仍。南望青松架短壑，安得赤脚踏层冰。"

残酷的现实，让杜甫对自己的政治信仰产生了动摇。对日落西山的腐败朝廷，和自己日渐惨淡的仕途也失去了信心。情绪烦躁的杜甫决定回洛阳老家看望家小。在省亲路上，杜甫看到的是一片战乱景象：征童兵，戍守的兵卒，石壕村夜捉人的亲历，写出《三吏》《三别》，用诗歌记录战乱中的唐朝。

杜甫再回到华州时，已经是初夏了。田地大旱，赤地千里。因为朝廷内讧，连年战乱，大片田地荒芜。"飞鸟苦热死,池鱼涸其泥"，使胸怀大志、一心报国的杜甫感到绝望，看不到这个王朝的一点希望。

乾元二年（759年）六月的那个夜晚，杜甫在灯下听着野地哀鸣的蛙声，写完《夏夜叹》一诗的最后一笔，掷笔仰天长叹："呜呼，别也，可憎的官场啊！"

自此，忧时忧伤的杜甫去职辞官，走进民间。写下一千五百多首史诗性诗篇，去完成一个"诗圣"的伟大使命去了。

20 酒 祭

一连三天，岑参都在愁绪与酒醉里煎熬。

此时，岑参在翠华山小住。忧愁是在三天前自潼关传到山下小村的。消息说：为大唐立下赫赫战功的高仙芝和封常清二位将军被唐玄宗下令问斩，时间就在今天的午时三刻。

一早，岑参备了几样小菜，都是高、封二位将军平日喜欢吃的菜，酒是咸阳酿制的将军红。

岑参斟满三酒杯，一个是自己的，另外两杯是二位将军的。他要摆酒祭奠他的两位官长。

岑参说："属下远在边塞，不能前去送行，就摆这桌薄酒祭送二位将军了。"

岑参愁容满面，将满给二位将军的酒泼洒在地上，自己那一杯，一饮而尽。再满了三杯酒，开始历数二位将军的赫赫功绩，诘问皇上。

"高将军骁勇善战，二十出头为将军，与父同班秩。皇上您一道诏书，提拔将军为安西四镇节度使，兼摄鸿胪卿和御史中丞。一战征服小勃律。接着将军再破羯师国，俘虏其国王勃特没，另立其兄素迦为新国王，将羯师国置于大唐的控制之下。那时，皇上您犒劳三军，嘉勉高将军，让士气大振，万众一心，边塞安宁。彼时，皇上您是多么的圣明啊。"

岑参高高举杯，这是敬高将军。自己陪饮一杯，又道：

"再说封将军吧，他文韬武略，在做高将军幕僚后，协助高将军率领的两千骑兵深入追击，在绫岭全歼了达奚叛众。回营后写的那份行文清晰，逻辑缜密，文采斐然的捷报，皇上应该是看到的吧？您赏识封将军的才华，任命他为安西四镇节度使，成为帝国的封疆大吏。封将军没有辜负皇上，重新踏上西去漫漫征程，顺利攻克菩萨劳城。之后唐军一路势如破竹，一直向大勃律的纵深挺进。很快，大勃律国的精锐士兵就被悉数歼灭。大勃律国王只好向封将军投降，而归附唐朝。那些日子不断传回的战报，使皇上喜不自胜，一再擢升将军的职务。还不够，又加授他为朝散大夫，专知四镇仓库、屯田、甲仗、度支、营田事，俨然成为安西唐军实质上的二把手。那时候皇上您知人善任是多么的英明啊。"

岑参再一次举杯，这是敬封将军的，陪将军饮过自己杯中酒，接着说：

"天宝十四年（755年）十一月十六日，安禄山起兵的第七天，封将军在骊山的华清宫朝觐皇上。当皇上听了将军即刻前往东都，开府库，募骁勇，扬鞭奋马，北渡黄河，定将逆胡之首献于阙下，得到誓言后，皇上您是多么的高兴啊。当即任命封将军为范阳、平卢节度使，即刻前往东都组织防御。

十二月，当叛军从灵昌渡口渡河南下，攻陷灵昌郡，第一道防线宣告瓦解。叛军挥师西进，迅速攻陷荥阳，兵锋直指东都。封将军率部进驻虎牢关，准备据险而守。可他招募的六万人都是未经训练的新兵。官军一战即溃，虎牢关旋即失守，第二道防线就此崩溃。

由于军情紧急，将军来不及向朝廷奏报，当即率部向潼关方向撤退。高、封二位将军领兵退入潼关，旋即命人抢修防御工事。等到叛军前锋进抵潼关时，发现官军已经严阵以待，方才悻悻退去。对这次擅改东进计划，退守潼关，皇上没说什么。皇上您没有糊涂啊，也算是个明君吧。"

这时候，边饮边述的岑参已是泪流满面了，酒接着喝，话也接着说：

"可是，皇上啊。当你听过匆匆从潼关偷偷跑回来的帐下监军宦官边令诚极力夸大封、高二位将军的战败责任。特别是听了边令诚讲'常清以贼摇众，仙芝弃陕地数百里，又盗减军士粮赐'的诬告时，你偏听偏信，给二位将军定了三宗罪：不战而逃，丢城弃地；擅自行动，目无朝廷；违背旨意，破坏东征计划。皇上啊，这你就不明是非，你糊涂啊！"

岑参已将一坛将军红酒喝完，怒容满面，脸红目眦，毫不客气，叱问："皇帝老儿，你凭甚说高、封二人实属罪不可赦。还下诏斩首功勋卓著的将军？你就是一个是非不明、忠奸不分、诛杀贤良的昏君哪！"

此刻，潼关上空乌云漫卷，朔风怒吼。数万唐军将士被召集到刑场周围，奉命观刑。

这边，岑参已是酩酊大醉，一脸泪水。回想起当年封将军出征的情形，正义的火焰在心中燃烧，诗人奋笔疾书，写下著名诗篇《轮台歌奉送封大夫出师西征》，诗中写道："亚相勤王甘苦辛，誓将报主静边尘。"这时诗人大汗淋漓，他拭一把汗水，再写最后两句："古来青史谁不见，今见功名胜古人。"然后抛笔号哭。

岑参少年有志，刚刚步入青年就写下"丈夫三十未富贵，安能终日守笔砚"离开家乡投笔从戎，两次出征戍边报国，写下许多反映军旅生活的边塞诗。是唐代边塞诗派代表诗人，被誉为"边塞诗王者"。我们熟读的"忽如一夜春风来，千树万树梨花开"便是出自岑参的笔下。

21 一剑飞天梦

高适真是大器晚成，直到五十岁了，才被时任宋州刺史的张九皋发现并"深奇之"，荐举做了封丘尉——一个九品小官。封丘尉这个官没做几天，高适对官场"拜迎长官"，对百姓"鞭挞黎庶"很不满意。一次酒醉时慨然长叹："拜迎长官乃胸怀王霸大略者事乎。"说完脱下官服不干了。

高适十多岁时就手持一柄长剑，怀着飞天梦想，走长安，上蓟门，漫游燕赵。与李白、杜甫饮酒游猎，怀古赋诗。几十年的江湖行走，高适拜访过无数官者、名人，文韬武略皆有所长。胸怀大略的高适，耐心地等待着，酝酿着长剑出鞘，盼着震古烁今的辉煌一瞬。

天宝十四年（755年）冬天，"安史之乱"爆发。在一场空前的国家动乱面前，每一个人都要做出自己的抉择。有人随波逐流去顺应，有人惨遭横祸家破人亡，有人逃脱避离作壁上观。而那些曾经星光璀璨的诗人群体片片凋零，他们手中无比犀利的笔锋远不抵一只小小的箭镞。他们在强敌面前，大多数或是逃避，或是归隐山林，也有少数顺应强者去了。只有不多的几位走到保家卫国平乱作战的前沿，展现傲骨凌风。无疑这场动乱点燃了高适建功立业震烁古今理想的火焰。

其实，在"安史之乱"爆发的前两年，高适已经背负着那柄长剑，在大将军哥舒翰的帐下，正式投笔从戎了。

哥舒翰对高适很看重，在收复黄河九曲之地的作战中频频献计，帮助大将军打了几场漂亮的仗。

哥舒翰就把高适推荐给皇上。

举荐贤能的哥舒翰，初战安禄山的虎狼之师的潼关一役不幸战败，唐玄宗要罢免他的大将军职。这时候，高适挺身而出，诣阙献计，慷慨陈词，坦陈时事，他说："哥舒翰大病缠身，监军诸将不恤军务，战士们的粮饷又被克扣，怎么能打胜仗呢？"

高适还建议唐玄宗长策远图，任人唯贤。这一番话，使唐玄宗龙颜大悦。封高适为谏议大夫。

大将军哥舒翰那边也是十分感激高适仗义执言、秉公上奏，在皇上那儿帮助他解了战败之责。

"安史之乱"爆发后，唐玄宗突发奇想，欲以诸王分镇各地。高适进谏，认为不可。唐玄宗不听高适的意见，终致永王李璘起兵占据扬州。继位的唐肃宗闻听高适论谏有素，便招来寻计问策。高适说："永王无谋，兵无勇；出师无名，僻地无援，永王必败。"

唐肃宗即任命高适为淮南节度使，手持利剑奉命讨逆。高适率兵还在路上，永王兵败的消息已经传来，印证了高适的战事分析。

唐肃宗更加赏识高适，凡事都要找他商议对策。

与此相反，他的诗友李白此刻正受牢狱之苦。李白因为做永王李璘的幕僚参加叛乱，以谋反之罪关进浔阳的大牢里。昔日无限风光的诗人，此刻坐在一片破席子上，借着窗外照进来的一束阳光在写诗："万愤结习，忧从中催，举酒太息，泣血盈杯。"想到自己一心为国做事，没想到却成为谋叛者，真是冤枉啊。可是有谁能为其申冤救助他呢？李白想起高适，便提笔给老朋友写信。信是以诗的格式写的《送张秀才谒高中丞》。

此时，高适正在朝廷做御史大夫，李白就称他高中丞。

李白的诗信，由张秀才辗转送到高适手里。高适看到李白诗笺上清秀的文字和凄怆的诗句，回想当年与李白、杜甫同游宋梁，诗酒唱和的情景，怅惋不已，心中不禁有了几分同情与怜悯："太白兄，你不该错走这一步啊。你不知道永王李璘是个眼

界短浅的人吗？他名不正，言不顺，势不强，区区五千人就起事。你却去做他的幕僚，帮助他犯上作乱。在朝廷里做事要小心再小心，谨慎再谨慎，三思而后行，这你该知道的呀，怎么就糊涂了呢？"

高适愁思百结，走下案头在大堂上踱来踱去，一不小心头撞在梁柱上。抬头看到柱子上挂着的那柄利剑。由此剑想起"安史之乱"中定河曲，收河东、河西战功赫赫的郭子仪，如将军出面在皇上那里为李白求情，或许能救李白一命。

"备轿。"高适喊一声。轿夫将一顶华丽的官轿抬到面前问："大人，去哪里呀？"

高适坐进轿内，稳稳坐定："去郭将军府相府。"

果然，李白免去死罪，改为流放夜郎。

高适得到这个消息很高兴，他在庭院里舞了一阵长剑，收剑时对着剑锋长叹："太白兄啊，兄弟只能做这些了。"

这时候宫里陈公公来到高府，宣圣旨："侍御史高适，立节贞竣，植躬高朗，感激怀经济之略，纷纶瞻文之才。长策远图，可云大体；谠言义色，实谓忠臣……钦此。"

高适跪伏在地上听旨，然后起身恭恭敬敬的双手接过圣旨，感到无比荣耀。他送走陈公公，站在院子里，看到长安上空蓝天欲滴，白云如玉，阳光暖暖地照在自己身上。

22　雨霖铃

　　唐玄宗李隆基乘坐的龙辇，在凄风冷雨中"咿咿呀呀"地行进。马嵬坡禁军的喊杀声已经远去，龙撵檐角上的金铃不停地"叮叮当当"响，令老皇上心头涌上无比的孤寂与哀愁、自责与悔恨,泪水已然铺满了他苍老而消瘦的脸。

　　这时候皇上想为爱妃杨玉环写点什么，从文书袋里取出纸和笔，在龙撵内小案上铺展，洁白的纸上依次写了："斜风凄雨，古桅蛸峭，暮雨未歇,巴山怅望无际，方肠断处，风铃悲切。"写到此，他竟用皱皱巴巴的皇袍袖子擦了把泪眼，接着再写："袅袅疏疏密密，似子规啼血。不忍听，如恨如怨，多少怨情与谁说……"唐玄宗手中的笔沉重如橼，心也沉沉得像龙撵外的乌云，一阵晕眩，便趴在案上。

雨过初晴，唐玄宗走在一片田野里，走得口渴。他远远看见一个瓜棚，一个农妇站在瓜棚前向他招手。近前一看，却是爱妃杨玉环。唐玄宗忘情地疾步上前："我的爱妃，朕想死你了。"

穿着白裙，鬓边插了一枝花的杨玉环，完全是一种民间装束，行的也是民间礼仪说："给夫君施礼了。"

"怎么，我不再是皇上，可也是太皇上啊，怎就行民间俗礼呢？"

杨玉环说："皇宫深似海，皇权猛如虎。你经过马嵬坡那场血雨腥风，还迷恋你的皇权吗？"

唐玄宗脸上显出一丝羞愧，低下头。

杨玉环见唐玄宗的嘴唇干裂，便从瓜地里选了一颗瓜，说："三郎，咱们进棚里歇息吧。"

于是，瓜棚茅庵里，一对夫妻的平等对话开始了。

杨玉环问唐玄宗："你这一生是得意多呢，还是失意多呢？是幸福多呀，还是悲苦多呀？"

唐玄宗说："忙忙碌碌一世，似乎悲苦更多一些吧。"

杨玉环接着说："虽说三郎禅位不那么磊落，却拨乱反正，励精图治，任用姚崇、宋璟等贤相能臣，创造了大唐的极盛之世。那时候我还是市井少女，唱的儿歌就是称赞那个盛世的呀。"

唐玄宗的脸上有了笑容："是吗？唱的是什么呀？"

杨玉环就给唐玄宗唱："春上种，秋里收。送皇粮，到九州。送粮做什么？送到边塞做军粮；夏纺帛，冬织布，送朝廷。送朝廷做什么？戍边子弟缺衣衫。"

唐玄宗拊掌大笑："好，好哇。大唐盛世，真是军民一心啊。"

"可是，大唐盛世让你变得傲慢自负了。喜欢听顺耳话，而不纳逆耳谏言。一个又一个阿谀奉承的小人聚在你身边，专拣好听的话给你听。比如那个口蜜腹剑的李林甫，你还记得吧，那年你从洛阳回长安，宰相张九龄心念百姓，劝你避秋收而往。可是李林甫是怎么说的：长安和洛阳是陛下的东宫和西宫，陛下愿意什么时候来往就什么时候来往，不必再等以后。你居然听从奸佞的话，不顾秋忙，一路骚扰百姓回长安。你心里哪还有黎民啊！"

"是，是啊，我负百姓啊，百姓自然也会负我。大唐自那时开始就走向衰弱喽。"唐玄宗说完，再慢慢听杨玉环讲。

"也是李林甫撺掇的吧？你强纳我为妃。你知道吗？你以为拥有至高无上的权利就可以为所欲为，想做什么就做什么，想要什么就要什么。人怨天怒，人不敢言，却会遭天谴的啊。"

唐玄宗深深低下头："是的，'安史之乱'就是天谴啊！"

想起那次叛乱，杨玉环愤愤不已："人人都知道安禄山要反，朝里那么多人都劝你。你却说：'禄山，朕推心待之，必无异志。'此话说过没有一年吧，安禄山就反叛了。你带着皇亲国戚离开长安，逃向蜀地。走到马嵬坡，被禁军主帅龙虎大将军杀死宰相杨国忠，再逼着你夺我性命。那时候，你，你为了你的江山，为了你的富贵荣华，为了你个人性命，稍做犹豫就赐三尺白绫，让我自缢于三门佛殿。你哪里还有亲人、亲情啊？在你心里只有你自己、你的皇权。天下人岂会再爱你。天下人不爱你，不拥戴你，哪里还有皇上，哪里还有你的天下啊！"

　　"别说了，别说了。"唐玄宗痛心疾首，"自马嵬坡事变，人心都变了。唯命是从的大将军陈玄礼不再听从我的调遣，俯首帖耳的宦官高力士也去服侍太子李亨去了。我是一路冷雨，一路热泪，连一个说话的人都没有啊。忠贞贤良的臣工背我而去，献媚奸佞小人躲得影子都不见。我日里苦闷，夜里难眠，我就想啊、想啊、想啊……"

　　"想明白了？"杨玉环问。

　　"有的想明白了，有的没想明白也就不去想了。"

　　"来世还想做皇上吗？"

　　唐玄宗摇头："做皇上太累、太苦，也太可怕。战战兢兢，怕别人夺去皇位，夺去性命。所以手中常持一柄剑。这个剑明白时斩奸除佞，糊涂时就诛贤杀良，最后杀的是自己、自己的亲人，残忍无情啊！真有来世我想做个农人、工匠，做个小商贩也好哇。敬老，爱妻小，平平安安过日子——来世你再做我妻，好吗，玉环？"

"玉环，玉环……"唐玄宗一声一声地呼喊着醒来了，醒来才知道自己做了个梦。

唐玄宗接着再写："人间最苦伤别离，更哪堪，玉魄永湮灭。今宵魂在何处，冷雨里，碎铃声咽。点点滴滴，心似寒泉落飞雪。便纵有万里江山，愧对荒莹月。"

全文写毕，反复吟诵斟酌，唐玄宗的心情大为好转。便想着该为诗文起个什么题目呢？龙撵外依然细雨沥沥，檐角上金铃叮当。听着雨声和铃声，唐玄宗提笔写下题目《雨霖铃》三个字。

龙撵依然在崎岖的山路上"咿咿呀呀"地走，长路漫漫，不知何日再长安！

23　故人今不见

　　柳宗元将一首《雨后晓行独至愚溪北池》中的最后一句"予心适无事，偶此成宾主。"刚写完收笔，宫里的郑公公就来了。他是来宣皇上任职外放诏书的：任柳宗元为柳州刺史。郑公公说："子厚（柳宗元字）啊，我说过的嘛，皇上早晚会用您的，没错吧？"

　　"公公高明。"

　　柳宗元留公公吃茶，郑公公告诉他：这次皇上还外放刘禹锡，到播州任刺史。柳宗元不禁"啊"了一声。

　　郑公公惊得半盏茶洒在衣襟上。柳宗元急忙上前擦拭，也借机掩盖心中的惊悚："没什么，没什么，惊着公公了。"

送走郑公公，柳宗元为刘禹锡愁楚不已，把上任柳州刺史的一丝喜悦冲得干干净净。

柳宗元与刘禹锡是贞元九年（793年）同科进士，后来又同朝为官。一个是礼部员外郎，一个是监察御史，两个人情同兄弟。

柳刘二人才华出众，为太子李诵侍读，被翰林学士王叔文看好。王叔文是一位很有抱负的官员，他看到"安史之乱"后宦官弄权、藩镇割据、政局不稳，便和王伾一起，联合刘禹锡、柳宗元等人酝酿一系列旨在加强中央集权的政治改革。

这一天，柳宗元到刘府，为王叔文取一份文稿。柳在大门外就看见刘禹锡坐在院里的石凳上，一手执笔校稿，一手拿一把扇子，给坐在一旁的老母亲扇扇子。柳宗元悄悄站到刘禹锡一边。这时候刘母轻轻吧唧一下嘴。刘禹锡急忙放下手里的笔，端起石桌上的水喂到母亲嘴里。这时候他才发现站在一旁的柳宗元，便笑着说："子厚兄，不好意思，见笑，见笑了。"

这个场面，令柳宗元十分感动。他讲给同僚们听，所有人都表示称赞。

还有一次，柳宗元邀来一帮立志革新的朋友在刘家小聚，其中还有翰林学士王叔文。仆人备好了一桌菜肴，等开席时，刘禹锡告假，让大家先用，他去去就来，说过就退到后院里去了。大家边饮酒边等他。一直等了半个时辰，他才回到桌子上。

还是多嘴的仆人解开了这个谜。原来，刘禹锡是去陪伴老母进晚餐，又为老人洗漱过，照顾老人安歇后才过来陪客。仆人说："这是员外郎多年的规矩。"

作为好朋友的柳宗元埋怨他说："我们这帮朋友来，梦得（刘禹锡字）不陪酒也罢了。今天王学士在此，你就不为先生破一次规矩吗？"

刘禹锡红着脸道歉："对不住王学士，对不住各位，见谅，见谅。"

王叔文多年为官，却不赞成官场上那些繁文缛节，很是宽容地说："梦得没有错，他是行天下第一孝道，我们当效学才是啊。来，咱们一同为梦得这片孝心，敬他一杯。"

刘禹锡敬孝母亲的事情，满朝文武人人皆知，还传到了皇上的耳朵里。唐顺宗也赞成说："敬孝乃人之大义，本朝从官吏、读书人做起，传扬至乡里布衣，人人皆行仁义敬孝，尊德尚义，我大唐成为天下礼仪之邦，为万国做个榜样不好吗。"

这时候，王叔文等人推行的"永贞革新"渐次展开深得民心。可惜不长时间就宣告失败。为首的王叔文被赐死，王伾遭贬后病故，柳宗元一贬再贬为司马，刘禹锡等六人亦遭贬谪。

遭遇贬谪的朋友们在多少年里还一直往来，彼此照应，只有刘禹锡孑然独守。这就引起朋友们的议论，说他被朝廷的惩戒吓破了胆子。

后来听说，刘禹锡是害怕"永贞革新"被老母亲知道为他担心，才暂时断了与朋友们的交往。

刘禹锡的敬孝之心，真是细如毫发呀。

元和十年（815年），柳宗元和刘禹锡先后返京。两个月后，朝廷又外放他们。就是故事开头说的，郑公公宣诏说到的刘禹锡任播州刺史。

柳宗元知道，播州地处一隅，路途遥遥，生活又十分艰苦，是个"非人所居"之地。刘禹锡怎能带着老母亲上任呢？这不是要他的命吗？柳宗元想了又想。只有求告唐顺宗了。于是，他上书唐顺宗，请求把自己的柳州刺史位置与刘禹锡交换，让刘禹锡去柳州。唐顺宗也被柳宗元的请求感动，改诏刘禹锡调任到连州，柳宗元仍然去柳州任职。

刘禹锡知道了改赴连州的缘由，大为感动，不禁泪流满面，要准备礼品去拜谢这位舍己为人的朋友。不知怎么，这事竟让柳宗元听说了，他即刻整装上路奔柳州去了。

刘禹锡来到柳家，见到"铁将军"把门，顿足，长吁一声："子厚啊，你怎么就不给我一个面谢的机会呢！"

柳宗元到任柳州，治贫救穷，植柳种橘。在短短的四年任期里，他改善了柳州穷苦面貌，被柳州父老亲切地称为"柳柳州"。

元和十四年（819年），柳宗元疲劳而疾，卧床数日。

这一天早上，柳宗元精神尚好，拄着拐杖到河堤上散步。看到自己植的柳树和橘树都长大了，甚是欣喜。也感觉出自己去日无多，只有一件事真是不放心，那就是他用一生心血写下的诗文该留给谁呢？已踌躇多日。此刻眼睛一亮，他想起了刘禹锡。柳宗元匆匆回到府上，立即整理打包将文稿寄往连州，拜托老朋友日后写序刊印。柳宗元办完这件事，长长地睡了一觉。

第二天早晨，柳宗元醒来打了一个哈欠："啊，我梦见梦得正给我的诗文写序文呢。"柳宗元在床上吃了两块点心，又喝过一盏茶，对守候在旁边的人说："我想回家了！"说完就闭上眼睛，再没有睁开。

在连州的刘禹锡接到柳宗元的文稿，唏嘘不止："子厚，我又收到了你的一份厚礼呀。可是，我再到哪里去拜谢你呀，呜呜呜……"

悲痛中的刘禹锡提笔写了《重至衡阳伤柳仪曹》：

忆昨与故人，湘江岸头别。

我马映林嘶，君帆转山灭。

马嘶循古道，帆灭如流电。

千里江蓠春，故人今不见。

果然，刘禹锡不负重托，用多年时间编辑老朋友柳宗元的诗集《柳河东集》，并作序言。全书四十五卷，外集二卷。为后人留下了重要的诗篇。

24 崔庄小秀才

　　小村崔庄，村南有山。山前有寺，很小，就一个和尚，姓崔。村人叫他崔师父。

　　一个人的寺很安静。一间佛堂，一尊文殊菩萨，长明灯日夜亮着。崔师父每天一早一晚给佛灯添油。这天晚上，崔师父端着油碗来给佛灯添油，脚下被绊了一跤。低头看，佛案下伸出一双小脚，弯下身子便看到案下边有一个孩子。他从案下拽出来，一看是个六七岁的孩子，一双很大的眼睛有些惊恐地看着崔师父。

　　"你是谁家的孩子，叫什么名字？"

　　"我是小村崔家孩子，叫崔曙。"

　　崔师父认识孩子的父母，知道这个孩子是个孤儿。

崔师父"哦"一声，问："你背着手做什么？"

孩子把手拿到前面来，手里拿着一本书。崔曙告诉师父，他是来寺里借佛灯的光读书的。崔师父很是爱怜地摸着孩子的头，问："吃过晚饭了吗？"

"吃过了，在蒋伯家里喝了一碗南瓜粥。"

崔师父转回后舍，端出两个热馍、一碗素菜让孩子吃。

崔师父看着孩子吃饭，翻看他放在桌子上的书。

崔师父很喜爱这个爱读书孩子："今后你可以天天来佛灯下读书，好吗？"

孩子说："师父，我不白在您这里读书。打扫庭院佛堂，给佛灯添油都由我来做。"

师父说："打扫庭院佛堂不用你来做，你还小做不动的。给佛灯添油就行，这样你才能在明亮的灯下读书啊。"

"好，谢谢师父。"

从这天开始，崔曙白天给蒋伯家放牛，晚上来寺里，在佛灯下读书。

转眼五年过去，崔曙已经十二岁了。这时候农户王山与蒋伯因为土地发生了争执。

王山租种寺里的地，紧挨着蒋伯的一片水田。两片地之间隔着一条羊肠小道。前年发洪水，两片地成为一片汪洋。那个分界的小道已经被淤泥抹平。今年春天蒋伯开犁种田，明显越出原来

崔庄小秀才

辛丑年

的地界。农户王山找他理论。蒋伯不仅不承认，还诬告王山趁机讹诈，想霸占他家的土地。两家对簿公堂，各说各的理，互不相让。堂上的判官束手无策直摇头："大水遍野，地界无标，此案无凭无据，如何判案，倒不如两家协商调和吧？"

此时，陪着崔师父来的崔曙站出来说："怎就无凭无据？此案既有凭，又有据。"

"啪"，判官将惊堂木拍在案上说："此何人，小小年纪妄言诳语？"

众人都说："这是我们村的小秀才。"

"小秀才？"判官捋了捋胡子，"我这个老秀才断不了的案，你个小儿却能断得了？"

崔曙站到案前："有理不在年少，说的是理，不是比胡子的长短。"

判官不禁扑哧一笑，又冷下脸来道："你说有凭据，说说你的凭据。"

"判官大人，那我先问蒋伯两个问题可以吗？"崔曙问判官，眼睛却看着蒋伯。

判官捋了一把胡子："可以，问吧。"

崔曙走到蒋伯面前："伯伯，我记得咱们家前年种的是高粱吧？"

蒋伯说："没错，是高粱。"

崔曙回头问王山："王叔，前年您种的是什么？"

王山说："高粱，也是高粱啊。"

崔曙再问蒋伯："您种的是红高粱呢，还是白高粱？"

蒋伯莫名其妙，也不耐烦："红高粱。"

崔曙问王山："王叔，您种的也是红高粱吗？"

王山说："不是红高粱，是白高粱。你忘了，是给寺里煮粥的白高粱嘛。"

崔曙再走到蒋伯面前："再问伯伯，我记得咱们家地里施的是牛粪，对吧？"

蒋伯不高兴了："这和今天的案子有关系吗？难道牛粪就是你说的凭据？"

"没错，牛粪就是凭据。"崔曙站到判官案前，我知道王山叔叔地里施的是羊粪，是寺里崔师父从北山羊户家里拉来的。咱到地里挖进一二尺，底下高粱的根须还在。红高粱的根须是红的，白高粱的根须是白的。红白分明。还有田里的粪肥也有存留，哪是牛粪，哪是羊粪，也好辨别。坐在明镜高悬匾额下面的判官大人一定会看得一清二白，也一定判得公平公正。"

"哗——"大堂上响起一片掌声，众人啧啧赞叹。年过半百的老判官也佩服不已，"少年可畏，少年可畏啊！"

土地纠纷就这样解决了。为了不再发生纠纷，崔曙还组织王蒋两家人，在地界上植了一行柳树做长久的标识。

第二年，在柳树新芽的时候，十三岁的崔曙离开小村，离开小寺，前往少室山拜师读书去了。

开元二十六年（738年），崔曙进京应试，作《奉试明堂火珠》诗："正位开重屋，凌空出火珠。夜来双月满，曙后一星孤。天净光难灭，云生望欲无。遥知太平代，国宝在名都。"

考官读过崔曙的诗，拍案称奇。推荐给皇上看。唐玄宗看了"夜来双月满，曙后一星孤"也是大加赞赏。钦定为年科状元，官授河内尉。

崔曙成为状元郎，崔庄人很是自豪，都很高兴。也盼着自家的孩子也像崔曙一样，聪明好学，用心读书成才，成为崔庄的骄傲。

25 琴 声

诗人来到常熟城外小村已经两个月了。他租住在村外两间茅屋里，远处一面湖泊，门前有一条小河，流水潺潺，清静极了。诗人每天呼吸着清新的空气，听着水流和小鸟的声音，很是安然。

诗人觉得，他离开乱糟糟的官场真是最好的选择。

诗人名叫叫常建，开元十五年（727年）与王昌龄是同榜进士，后为盱眙尉，是个很小的官。他不习惯当时官场里狗苟蝇营、争名夺利的那些龌龊。于是叫了好朋友王昌龄、张偾一起离开，各自走进山林过自在日子去了。

常建在租住的小屋里作诗，研习禅宗。闲暇时就在门前小河边抚琴，吟哦自己写过的诗文。这时候他就常常想起与他一起离开官场的王昌龄。

一天，常建在小河边抚琴吟哦，身边来了一个僧人。当常建的手从琴弦上离开，睁开眼睛看到这位无发银须，身着灰布僧服的人，不好意思地点点头说："失礼了。"

僧人摆摆手道："施主的琴声有些幽婉，一定是在思念什么人吧？"

常建自然是思念与自己一起辞官远游的友人。可是，这些话怎么能与一个陌生的僧人讲呢，只好问："僧家从哪里来的呀，是化缘的吧？"

"我是沿着这条水路走过来的。"僧人手指面前的小河，"贫僧四海为家，不化缘，只化斋。赏一碗粥、一盏茶足矣。"

这时候，已近晌午了。常建请僧人进屋吃饭，饭后吃过茶。僧人高高兴兴地走了。

后来，这个僧人每过七八天就来常建这里听琴、吃饭、喝茶。常建总是笑脸相迎，热情招待，好似一位朋友。

这天傍晚，僧人又来。他静静地听常建在琴弦上拨弄出的琴声，拊掌称赞："施主今天的琴声与往日大不同了，想必近日心情一定很好啊。"

"是啊，今日心情好。"常建在河水里净过手，将一信札拿给僧人说，"昨天收到诗友王昌龄的书信，邀我去石门山一聚，此不快哉。"

这天，僧人在常建茅屋里吃过晚饭，临走，为他画了一幅画。画里是晨霞、青峰、古道、寺院，僧人说："送施主一幅画养眼，夜里做个好梦吧。"

常建认真看过画，甚为喜欢，叠好压在枕下。常建洗漱一番就歇息了，不一会儿就睡着了。果然梦有奇景：

常建来到一座山前，拾级而上，眼前一座寺院，在早晨的阳光里显得格外幽静，山上满目青翠,耳边是晨钟、鸟鸣、潺潺水声……

常建醒来后还久久沉浸在这个美好的梦境里，一直到天亮再没合眼。

第二天，常建去的是破山，在常熟北郊十几里处。山上有寺，叫兴福寺。传说是南齐时郴州刺史倪德光施舍宅园所建，至唐朝已属古寺了。常建一进破山，眼里便是貌似昨夜梦里那般的景致，青峰、古道、寺院、禅房，水潭倒影，一条小径通往幽静处……此情此景，诗情画意当中，诗句便从诗人心中涌出："清晨入古寺，初日照高林。竹径通幽处，禅房花木深。山光悦鸟性，潭影空人心。万籁此俱寂，但余钟磬声。"

常建认为，这是他到常熟几个月来写得最满意的诗了。他再也不依恋山景，急急忙忙下山去。回到茅屋斟酌一二个字，便抄写两份，一份自留，一份寄给在丹阳的诗友殷璠。

再说丹阳那边，丹阳进士殷璠正在编选盛唐诗选《河岳英灵集》。常建的诗已经选好了十多首了。殷璠很喜欢他的诗，依他个人见解，想把常建的诗排在诗选的篇首。可是，李白、杜甫、王昌龄等大家的诗都是上品，在诗坛上都是名声赫赫。在排名问题上殷璠正在犹豫不决时，接到常建寄来的《题破山寺后禅院》。读罢，拍案称奇，再不犹豫，做了诗选的开山之作。

《河岳英灵集》选录了这一时期，自常建至阎防24家诗234首。当时就有评论说，殷璠选编的诗集唱响了那个时代的"盛唐之音"。这个评价可谓不低了。

《题破山寺后禅院》一诗，给常建带来了极大的荣誉。他每每想到这个荣誉时候，就很自然地想起那个送他画作的僧人，盼着他再来。

常建写诗，也常在河边抚琴，琴声幽咽绵长。思念的琴声终是没有再等来那个僧人。

说这个话的时候，已经进入六月，溽热的江南使常建难以忍受。他决定离开常熟，去北方避暑。

在走的那天，常建把僧人送他的画小心收好，将那把跟随他十年的琴留在河边，然后渡过小河走了。

26　枫桥夜泊

省试，张继落榜了。

张继非常失望、难受。于是他坐船到苏州，想排遣一下心中的郁闷。水乡苏州真是个好地方，处处亭台水榭，听飞泉鸣溅，闻荷花幽香，看杨柳拂堤。可是这些美景不但没有解去张继的烦恼，反而新添了许多忧愁。

晚上，张继回到船上，和老船工一起吃过饭就坐到船头。想想自己的十年苦读和父母亲的期待。最让他揪心的是奶奶，赶考前她颤抖着双手，从自己颈上取下一尊玉观音，戴在他脖子上。奶奶说："让观音保佑我孙子金榜高中吧。"

此刻，张继手摸着脖子上的玉观音，长叹："奶奶呀，孙儿愧对您老人家呀！"

这时，一叶轻舟从远处划过来。舟上有一老翁、一坛酒、一炉，老翁在炉上烤鱼佐酒。小舟划到张继的船近处，老翁对船上喊："年轻人，下来喝几杯吧。"

待小舟漂到船边，张继一跃，跳到舟上。老翁很热情，为他满一碗酒，又从炉火上取一尾烤鱼递到他手里，说："年轻人，有心事吧？"

张继不好对老人说什么，拿起酒碗说："谢老伯，我给您敬酒了。"

老人不再问什么，从口袋里摸出一颗蛤蜊说："我们猜枚喝酒，我藏你猜，猜对了，你喝；猜错了，我喝。"

老人背过手去，再伸过来说："你猜，蛤蜊在哪只手里？"

张继指左手，老人张开右手，蛤蜊在右手里。张继就喝一口酒。再猜，张继也没有猜对。猜了十多次，都没有猜对。张继喝了十几口酒，脸上红红的。老人说："这样猜下去你会喝醉的，不如你藏我猜，这样你兴许会赢几把。"

张继就藏，老人就猜，有赢有输。两个人都喝得高兴。老人说："不玩这个了。我给你讲一个故事吧。

从前，有一个秀才叫汪嘉祺，进京殿试，考了榜眼。第一名的状元被皇上招为驸马，第二位榜眼被宰相看中，选为相府的女婿。从乡野走出来的汪嘉祺，可谓一步登天，给父母亲写信，

等着父母回信应允这门亲事再择日成婚。万没有想到的是，相府小姐忽然暴病而亡。汪嘉祺的美梦难成，十分沮丧难过，茶饭不思。人就消瘦不堪，站立行走都很难了。正在这时候，宰相帮助太子去争皇位，被皇上知道后，将太子关进大牢，而宰相满门抄斩。消息传开，汪嘉祺也就知道了，惊出几身冷汗，庆幸自己没娶相府小姐。

汪嘉祺心情平静下来了，虚弱的身子也就慢慢恢复了。因为汪嘉祺未与宰相之女成婚，没有受到牵连。不久被皇上召到身边做了中书侍郎，负责草拟诏书，为皇上呈报各级官员的奏章文牒。这样，在御前行走的汪嘉祺成为大红人。官员们先是走马灯似的宴请，后来就是送礼送钱。汪嘉祺贪腐的事传得京城沸沸扬扬，还传到皇上的耳朵里了。皇上就要查办这个中书侍郎。有人给汪嘉祺报信，他得信儿后连夜逃出京城。"

张继很是为汪嘉祺焦急："皇上就没有通缉捉拿？"

老人说："通缉了，也派人查访，没有他一点消息。后来有人说汪嘉祺隐名埋姓经商去了；有人说他隐进深山躲在佛堂里修心去了；也有人说他在江河湖泊里行船荡舟做渔人了。"

老人发一通感慨："世上事，你说是好吧，不见得好；你说是不好吧，说不定还好。世事就这样千变万化，造化出大千世界，衍生出芸芸众生。我们都是凡夫俗子，凡事顺其自然，随缘就是了。"

这时候，残月西沉，月下寺影绰绰，江上渔火点点。一坛酒已经喝完，小舟上的篝火也灭了。

张继远望寒山寺，近看点点渔火，诗意如潮，情不自禁吟哦起来："月落乌啼霜满天，江枫渔火对愁眠。姑苏城外寒山寺，夜半钟声到客船。"

与老伯的一番夜话，让诗人懂得了人生失与得，还消去忧烦，意外写出一首传世之作。这首《枫桥夜泊》成为张继的成名作。

第二天，张继乘船返回家乡，再无忧烦，心静如水，一心一意学习、备考。

天宝十二（753年）年，张继考中进士。他做过御史，任过洪州祠部员外郎。闲暇也写诗文，时有佳作，不过这些诗文都没有《枫桥夜泊》写得好。

27 生死之交

不知怎么，这几天裴迪心神不安，总是自言自语喃喃："摩诘（王维字），我想你呀，你怎么不来看我呢？人不来，书信总该寄来一封吧。莫不是你心绪不好，身体有恙，病了吗？"

诗人裴迪和王维交厚，诗友们是知道的。就连皇上李亨都知道，这两人是生死之交。

"安史之乱"平定后，重新回到长安的唐肃宗李亨，决心要惩治那些依附叛军向"安史"称臣的人。王维因为被逼任给事中一职说不清，所以被关进大牢。家人拿出王维写的《凝碧池》来，表明王维对大唐王朝的忠诚。唐肃宗看了诗中写的"万户伤心生野烟，百僚何日再朝天。秋槐叶落空宫里，凝碧池头奏管弦。"很是高兴，说："我朝还是忠良之臣多嘛。"

可是谁能证明这首诗是王维在被软禁时写的呢？有人躲躲闪闪，有人支支吾吾，都不敢站出来为王维旁证。这事裴迪听说了，急忙跑去对唐肃宗说："我来作证，这首《凝碧池》是王维被软禁时在菩提寺里写的。原因是他听说前一晚，安禄山在凝碧池畔大宴群臣，请来众多乐人伴宴。其中一个叫雷海青的乐师，不忍亡国之痛，将手中琵琶砸得粉碎。气得安禄山暴跳如雷，下令将雷乐师在试马殿前肢解示众。王维闻之愤而疾书，写下此诗，乃我所见也。"

裴迪就这样救了王维一命。唐肃宗不仅释放了王维，还委以重任。

王维真是感激裴迪这个朋友啊。

其实，裴迪并没有看见王维写这首《凝碧池》，只是后来裴迪来菩提寺看望他，王维拿出来请他看过。当时裴迪还说："烧了吧，小心招祸。"只是王维没有听劝，把诗文留下来了。没想到被裴秀才作为证据，救了王维一命。

王维和裴迪生死之交的友谊持续了他们的一生。

王维虽然做官，可是动乱后的大唐官腐民怨很是令人失望。弄得他心灰意冷。就到蓝田辋川，置一处庄园，取名"辋川别业"，过起半官半隐的日子。

这个终南山下的辋川真是个好地方，鹿门、木兰柴、宫槐陌、临湖亭总是让人流连忘返。可是景色虽美也挡不住思念友人。王维看到南山里的桂花开了，想起裴迪，你怎么不来与我一同看花开呀；湖中的芙蓉花展艳，他又想起裴迪，你怎么还不来陪我游湖赏花啊！

王维思念裴迪，就给他写一封信，盼他能在明年春花烂漫时来一趟辋川踏青游春。信交给一位药农捎回京城。

在京城里的裴迪收到来信，感慨万千。当读到"非子天机清妙者，岂能以此不急之务相邀？"句时，已是潸然泪下了。

春天到了，裴迪来到蓝田，在辋川下，远远看见王维持一柄雨伞，站在雨中的鹿门下。两个人一见面就搂到一起，又手拉手走进"辋川别业"。一壶酒早已温好，王维亲自满酒奉上。两个人在春雨中对酌，觉得天下再没有比这个更好的事了。

白天，他们游南山谷，走孟城坳、行华子冈。晚上，诗酒唱和，对酒当歌。这样不知不觉中两个月过去了。这时候，他们共同的朋友孟浩然一路长歌"春眠不觉晓，处处闻啼鸟"来了。

他是来行媒妁之事的。

孟浩然知道，很难与王维说这件事，就在酒间茶后牵出这方面的话题。可是总被王维扯到别的话题上。这样过了几天，孟浩然找到裴迪再说此事。裴迪说："您不知道，嫂夫人故去后摩诘再没有这个心思了。"接着裴迪告诉孟浩然一件事，说每年妻子的忌日，王维都要回到家乡老屋待一天一夜。白天他把夫人的衣衫被褥拿到太阳下晾晒。晚上将夫人用过的梳子、篦子、凤钗、项链、戒指、耳坠一一取出来，细细擦拭，再收回原处。然后坐下来面对夫人遗像，议国事、唠家常。再把自己这一年里做的事情一一细说给夫人，一如她生前一样。直到又一天早晨，他才告别夫人，走出老屋，匆匆上路返回辋川。

孟浩然听过感慨道："自夫人去，摩诘的心门就关上了。夫人走不出这道门，别的女子也迈不进这道门啊！"

第二天，孟浩然下山走了。

孟浩然走后，王维对裴迪说："我知道浩然想和我说什么。可是谁说为我续弦再娶，我的心口就像被杵棒撞击一样，身心俱痛啊。"

裴迪说："浩然不是不再提这个事了吗？。"

"那是因为你跟他说了。裴秀才，我谢谢你啦。"

又过几天，裴迪也依依不舍地告别王维回京城去了。

又是一个山花烂漫的春天，裴迪收到一封王维的来信。说了许多思念的话，让裴迪边含笑边流泪读了一遍又一遍。信里还送来了一首诗《辋川闲居赠裴秀才迪》："寒山转苍翠，秋水日潺湲。倚杖柴门外，临风听暮蝉。渡头余落日，墟里上孤烟。复值接舆醉，狂歌五柳前。"

自上次离别，已是两年了。现在裴迪日夜思念王维，想他，盼再去蓝田辋川欢聚。

这一夜，裴迪很难入眠，辗转反侧，直到天微明才睡了一觉。他梦见王维头扎黑色帕头，身着皂袍走到面前揖拜："裴秀才，再会吧。"

"摩诘兄，哪里去？"

裴迪惊怵而起,急忙喊夫人："备行装，我要去蓝田辋川。"

夫人问："怎么忽然要辋川，是想摩诘兄了吗？"

"别啰唆了，快快去备。"裴迪异常悲伤地说，"我要送摩诘兄最后一程啊。"

这是上元二年（761年）春天的一个早晨，裴迪背着行囊疾步匆匆前往蓝田辋川。

28 宰相的小友

　　五品朝散大夫皇甫介退休在家，颐养天年。朝廷那些烦人的事情再也不去管了。膝下无孙,烦恼了些日子。自儿媳有孕，他也就释然了。

　　儿媳贠芳也就在这几天分娩，只是不知生男还是生女。昨夜难眠，黄甫大人直到快天明才睡一会儿。

　　"老爷，请起，请起来。少奶奶生了，生了一个胖小子。"管家婆蔡妈叫醒了皇甫介。

　　皇甫介被叫醒，听说儿媳生了男孩子，高兴得赤着脚就要走出去，觉得不妥，又退回屋里。这时候看到东山上冉冉升起的太阳，孙子的名字就有了，一个单字"冉"。

皇甫冉耳聪目明，是一个非常聪慧的孩子。在他刚刚三岁的时候，爷爷就想测试一下孙子。于是叫来邻居五六个四五岁的孩子，说："今天我们学算学好吗？"

一群孩子拍手叫好。皇甫介指着院中的一棵山楂树，说："假如树上有十个山楂，让小芹摘下来一个，树上还有几个山楂啊？"

孩子们异口同声："九个，九个山楂。"

皇甫介一笑："孩子们真聪明，你们都算对了。"他再指院外一棵老柳树，说："如果那棵老树上落下十只麻雀，小聪拿弹子射下来一只，树上还有几只麻雀呀？"

孩子们七嘴八舌："九只，九只……"

只有皇甫冉，眼睛转了转说："不对，树上一只麻雀都没有了。"

小芹说："十个山楂，摘下来一个，树上还有九个。怎么十只麻雀射下来一个，树上麻雀都没有了呢？"

小聪这时候替皇甫冉回答："皇甫冉说得对，你们都错了。树上的一只麻雀被射杀了，别的麻雀还待在那里等死吗？"

皇甫介看出来，顶数自己的孙子最聪明。

张九龄曾经是皇甫介的部属，两个人很要好。有着"一代文宗"美誉的张九龄听说皇甫家的孙子很聪明，于是过来看看。他带来了一个木制蟾蜍，肚子里注入水，从尾部一只细管往里吹

宰相的小友

辛丑年

气，蟾蜍就"呱——呱——"叫。皇甫冉很是喜欢，伸手要拿。张九龄说："这是带给你的礼物，获取这个礼物要按我的要求去做，礼物方属于你呀。"说着他就把蟾蜍吊到一根竹竿顶上，要皇甫冉既不能站在凳子之类高处去拿，又不能把竹竿横下来取。

这个要求连皇甫介都觉得有些为难，担心孙子没有办法。没想到皇甫冉摸了摸后脑勺，从张九龄手里接过竹竿，一步一步走到院中井旁，将竹竿探进井里，那吊在竿上的蟾蜍，一点一点落到皇甫冉眼前，他伸手解下，高兴地喊："蟾蜍是我的啦，蟾蜍是我的啦！"

皇甫介高兴地大笑，笑罢说："还不谢伯伯？"

皇甫冉把蟾蜍放在胸前，弯腰给张九龄鞠躬："谢谢伯伯。"

张九龄、皇甫介一同大笑。

皇甫介亲自为孙子启蒙、教授。皇甫冉十分好学。

这天，张九龄再一次登皇甫家门。这时候他已经由宰相张说推荐为集贤院学士了，常和一些朝臣一同与皇上、宰相商议朝政。他很烦恼，就来和皇甫介诉苦说："宰相张说性格暴戾，与大多朝臣不睦。近又有一些人上奏折给皇上，想再一次弹劾罢免他。"

皇甫介说："张相自负强势，怕是改不了的毛病了。已经有两次被弹劾罢相。也难免被三次罢相啊。"

在一旁抄录《春秋》的皇甫冉，停下笔来，说："古人说傲不可长，欲不可从。一个傲慢自负的宰相，怎么会团结百官辅佐皇上治理天下呢？我看罢他一回相就够了。"

张九龄、皇甫介都瞪大了眼睛，很是愕然，又不约而同地频频点头。

张九龄站起来，走到皇甫冉身边，拍拍他的肩膀："你是我的小友啊。"

说这个话的时候，张九龄已经是四十九岁了，比皇甫冉整整大三十九岁。不久，张说果然被罢相，张九龄接过了相位。做大唐"开元盛世"的最后一位宰相。

皇甫冉十岁便做诗文，《全唐诗》言他"天机独得，远出情外"；唐高仲评他可以雄视潘（岳）、张（协），平揖沈（约)、谢（灵运）为"大历十才子之一"。才华横溢的诗人给后人留下《皇甫冉诗集》三卷。

不知道因为什么，这样一个聪明智慧的皇甫冉，直到四十岁出头才举进士第，还考了第一名。被朝廷派作无锡尉，后来进京任左拾遗、右补阙等不重要的职位。

29　容州刺史

今天的湖南道县，唐朝时为道州。

道州青岭南泉陂，有唐元次山公墓一所。建这个陵园的有两个人，董作栋和阎召业。清嘉庆《鲁山县志》记载：嘉庆元年四月，知县董作栋置，其域外为监生阎召业因捐俸买。

陵园里有碑、有祠、有庙堂，还有商铺和园圃。

每年二月初六，是元子陵传统庙会日，一直到清朝末年后还延续了许多年。

那么，元公是谁？

元公乃元结也，字次山，号漫叟。唐朝文学家，诗文俱佳。天宝十二年（753年）进士及第，乾元二年（759年）任山南东道节度使史翙幕参谋，招募义兵，抗击史思明叛军，保全十五城。唐代宗时，任道州刺史。

这时容州发生民变，乱民占据州城经年，州县官吏流徙无着，呈现无政府状态。大历三年（768年），朝廷调元结任容州刺史中丞，充本管经略守捉使，使持节都督容州诸军事。

元结一到容州，就把州县官召集一起，令他们在三日内把辖区里的民变首领请来，共商民事。请不到的官员自免其职务。三天后，各路首领大多被州县官请到州衙。元结备下茶点果品，边吃喝边议论，首先元刺史说："次山来容州做什么？两件事，一是平息民事，二是重振容州。元单车至任，没带一兵一卒，却带来了一车财物……"

不知是谁"嗷"一声，众人都睁大了眼睛。

"这些财物用于何处？招兵买马，请兵纳卒，平息民事？"元结摇摇头，"不，我不那么做。我要把这些银子分发给你们，请大家养家糊口，重回家园……"

大家议论纷纷。

"大家不相信是吧？"元结停顿一下，"我讲完下面的道理，你们就相信了。"

元结重咳一声道："民变错不在民，一是朝廷体恤不够。二是官府安抚不好，才导致事发。所以本官要尽朝廷和官府安民之责。请各位首领在三日内，据实造好名册报来。从我这里领取财物，分发给大家。你们就拿着财物回到你们父母妻儿那里去吧。”

一场经年的民变，就在元结的谈笑之间化解了。元结还要趁此机会除掉盘踞在九嶷山和都从岭上的两股匪盗。这两股匪盗借民变招纳了不少乡民，四处行恶。除掉两股匪患的办法，也是优抚。元结叫各州县督促家属，给山上的亲人写信，要他们下山。接到家信，又有民变平息的影响，招纳上山的人纷纷脱逃。等到山上只剩下少数顽匪恶徒的时候，元结只用不多的兵卒，便一举拿下两个匪巢，一把火烧掉，恶匪个个严惩不贷。

元结平乱、清匪只用去一半钱，剩下的钱用来助农、兴商、办学、整饬民风，使容州的百姓过了许多年安居乐业的日子。

元结是个好文人，更是一个好官。他不仅懂军事、政治，在地方治理上更有建树。有史记载：元公在道州任上为民请命，乃作《舂陵行》以抒“宁待罪以安民，毋邀功而贼民”之意。上书请免百姓所负租杂等税，代宗许之。

元结是中唐新乐府运动创始人之一，后人对他的人品诗文都有很高的评价。杜甫赞其诗：“两章对秋月，一字偕华星。”欧阳修赞其文：“独作古文，其笔力雄健，意气超拔。”

一位封建官吏，为百姓谋福祉做到这个程度，实属难能可贵。元结留下的千古美名，哪里是金山银山能换得来的啊！

30　苦　恋

　　唐朝诗人刘长卿，字文房。年辈与杜甫相若，是和钱起并称的诗人。且自称为"五言长城"。可仕途却颇多坎坷。他三十三岁时被任派到苏州的长洲县当县尉，不到一年又晋升为海盐令。他因为性格刚烈、为人正直而得罪权贵，因此遭人诬陷，甚至被关进大狱。后来遇大赦出狱，先后历任转运使判官，至淮西、鄂岳转运留后。刘长卿吃尽苦头却秉性不改，在此任上又得罪鄂岳观察使吴仲孺，被诬为贪赃，再被贬谪为睦州司马。

　　心灰意冷的刘长卿，在睦州任上常常游走乡间泊头。一天他走进一个小村，口渴。推开一道柴门问："屋里有人吗？"

　　屋内走出一位老伯，也没有仔细打量来人就说："今日可怪，刚刚送走一个化缘的道士，又来个讨饭的。"

刘长卿一笑："老伯，我是路人，口渴，想讨一碗水喝。"

老伯这才看一眼刘长卿。"呵呵"一笑之后请他入内。

刘长卿喝过老伯的茶水，走出茅屋，继续赶路。他在村外果然看见一个车夫赶着一辆小车，一个道人跟随在后，正往山里走。刘长卿抬头看一眼慢慢滑下山峦的太阳，想着随道人去道观投宿。前面的道人不紧不慢地走，后面的刘长卿不紧不慢相随。半个多时辰就走进山里，来到道观门前，听到里面咿咿呀呀的尼姑诵经声，转头便走。却被化缘的道人喊住："怎么，不是来住宿的吗？如何要走？"

刘长卿边退边说："不便，不便，我投他处好了。"

道人呵呵一笑："我这里文人墨客是常客，往来客官也时常在此落脚。此时就有皇甫冉、秦系在观里吟诗吃酒呢。"

这时候，刘长卿才听出来，道人竟是个女子。他看夜色已晚，就跟在女道人走进观里。

你道这女道人是谁？

她就是六岁作《蔷薇诗》："经时未架却，心绪乱纵横。已看云鬓散，更念木枯荣。"十一岁被送进玉真观，起道名李季兰的唐代著名女诗人。史书上说李季兰雪肌脂肤好似一朵白兰花，是个琴棋书画样样精通的才女。

果然，玉真观里除了皇甫冉、秦系，还有严维、章八元等七八个诗人。刘长卿喜欢这些人，一住就七八天。诗人们在一起总是诗文唱和。这天，大家聚在李季兰屋子里，吃酒吟诗，性情中的女道士和刘长卿开了一个玩笑。她知道刘长卿有"阴重之疾"也就是"疝气"。于是她吟了一句陶渊明的诗："山气日夕佳。""山气"谐音"疝气"，刘长卿当即也回了一句陶渊明的诗"众鸟欣有托，吾亦爱吾庐"。于是举座大笑。

当时，大家虽然一笑了之也就过去了。可是，为人严谨又顾及颜面的刘长卿心里很不高兴。第二天便离开了玉真观。这让爱慕刘长卿，也喜欢他诗文的李季兰很是伤心，也深深自责不该取笑放浪，伤了朋友的自尊。连着几天她都闷闷不乐。诗友们发现李季兰心情不好，也先后下山走了。

李季兰思念刘长卿日盛，常常写思念刘长卿的文章和寄情山水的诗文。渐渐女道士的诗名远扬。酷爱诗词歌赋的唐玄宗听闻了李季兰的大名，于是宣她进宫。在与唐玄宗切磋诗词的同时，李季兰也与唐玄宗说些闲话。唐玄宗慢慢听出来，这个俊美女道士心里满满装的是那个会写诗文的刘长卿。皇上也是人，唐玄宗怎么会容忍一个心里装着另一个男人的女子呢。不久便送李季兰一笔银子送出宫门。痴情女道士用这笔银子在京城置一处很阔绰的院落，等着刘长卿的到来——无论刘长卿的荣升京官，还是贬谪为庶民，这里就是他的家。

唐德宗建中二年（781年），刘长卿在随州刺史任上。这时候淮西节度使李希烈割据称王，与唐王朝的军队在湖北一带激战，百姓苦不堪言。刘长卿的一首诗记录了他迎接朝廷军队时的情景。

> 不敢淮南卧，来趋汉将营。
>
> 受辞瞻左钺，扶疾抗前旌。
>
> 井税鹑衣乐，壶浆鹤发迎。
>
> 水归余断岸，烽至掩孤城。
>
> 晚日归千骑，秋风合五兵。
>
> 孔璋才素健，早晚檄书成。

七十四岁的刘长卿，披着满头白发，穿打着补丁的衣服，带着税款、酒浆，高高兴兴地迎接吕时。两位大人军次随州，征讨逆贼，奋勇杀敌。

在京城苦苦等待刘长卿的女子，终于没有等来她心上人。李季兰奄奄一息那一刻，她一再嘱咐身边的侍者和诗友：我的事一定不要告诉刘长卿，让那个苦命人平静地安度晚年吧。

31　司空曙

司空曙，字文明，河北永年人。唐大历年间考取进士，先是做个小文官，后任拾遗一职、县令。晚年进入西川节度使幕府，任水部郎中。

司空曙一生就两个爱好，一是作诗，二是寻山访僧人。

这一天，刚刚任县令的司空曙，到访衡岳隐禅师院。他是来看望老朋友疏云禅师的，司空曙走进山门。恰在此时，疏云禅师背着禅袋走下台阶，迎面见是司空曙，便笑道："司空县令又与贫道论法来了？"

司空曙揖拜后说："有些日子没来了，想禅师的山茶呢。"

疏云禅师拉住司空曙的手："我这里有更好的茶，那要等到下晌才喝。你先与贫僧下山化缘去。"

司空曙无奈，与疏云禅师一起下山。他们渡过一条小河，来到一个小村。在村口见一个汉子背着一个老妪匆匆而行，疏云禅师叫住他说："霍屠，哪里去？"

汉子一愣，忙笑着说："老母病了，瞧郎中去。"

汉子四十多岁，面相恶。在与汉子说话的当儿，疏云禅师悄悄将一把豆子放进老妪的口袋里，然后转身进村。

司空曙看着汉子的背影说："此人是屠夫？面相显恶，却有一片孝心呢。"

疏云禅师不屑地"哼"一声："他有什么孝心，一个恶徒。他哪里去找郎中，他要把老娘扔进山里去哪。"

"岂有此理！"

"不信？你等着看。"

霍屠背着老娘走进山里。老娘吃力地趴在儿子背上，儿子便一步一步往山上爬。他一路都在想走远点，爬高点再丢下。这样她才不会走回来。爬到半山坡上，汉子累了，放下背上的娘，想歇息一会儿再爬山。这时候汉子看到山路上星星点点的黄豆，一愣，问老娘："这是谁撒了一路豆子？"

老娘一时也答不上来了，想了一下说："是我撒的。"

儿子很生气："你撒豆子干什么？"老娘和蔼地说："傻儿子，我怕你等一会儿一个人下山会迷路呀。"

霍屠的心被深深刺痛，他趴在地上就给老娘叩头，一下，一下，额头上涸出红红的血来。

下晌，司空曙与疏云禅师在禅房里喝茶。忽然霍屠汗流浃背地背着老娘，气喘吁吁来见禅师："师父，救救我这个作孽的逆子吧。"

"阿弥陀佛。"疏云禅师道，"自作孽，自去救，别人怎么去救你哪。"

霍屠带着哭腔求疏云禅师说："我怎么去自救啊？"

"孝敬你娘，养老送终。"

疏云禅师在寺院腾出一间房子，让霍屠和老娘住。叫霍屠天天为老娘端茶倒水侍候。可惜老娘七天后就去世了。霍屠安葬了老娘，问疏云禅师："我已经为娘养老送终了，罪孽可除？"

疏云禅师说："你一身罪孽，七日何除？"

霍屠眼睛又红了："就没有办法去除我的罪孽了？"

"有！"禅师说："我叫寺里塑像师父，按你母亲模样泥塑一尊。你每天早晨在娘的塑像前跪拜一个时辰，晚上再拜一个时辰，早晚敬拜。等你母亲塑像哪天感动得眼睛流泪了，说明老娘原谅你了，你的罪孽也就去除了。"

一年后，一个雪天，司空曙再一次光顾衡岳隐禅师院。他一进院子，只见一个院工正在院子里扫雪。他先是扫出一片空地，将一把一把谷物撒在空地上。一声哨响，禅师院四周树上的鸟儿

"呼啦啦"飞过来竞相吃地上的谷物。院工再一帚一帚扫雪，一直扫到司空曙脚下，抬头见是司空曙，急忙礼让："县令大人来了，快请。"

院工是霍屠，却与一年前的那个恶相判若两人，眼前的霍屠满面笑容，一脸慈祥。

司空曙笑了笑，别过霍屠，走进疏云禅师的禅房。一壶新沏的山茶，正袅袅飘香。

"来啦？"疏云禅师看着一身霜雪的司空曙说。

司空曙一心想的是前后判若两人的霍屠，奇怪，怎么变化这么快呢？问疏云禅师："霍母塑像流泪了？"

疏云禅师呵呵一笑："一个泥塑怎么会流泪呢，我让霍屠天天跪拜，是想让他天天去反省反思，让铁石的心肠变得柔软。让善良慈悲占据心灵，心中恶魔自然就会消去了。心中充满了阳光，脸上必定灿烂。"

"领教。"司空曙拊掌大笑："疏云禅师乃我师也。"

"不敢当。"疏云禅师摆手说："修道必修德。与天地合其德，与日月合其明，与四时合其序，人的境界自然就高尚了。"

从这件事我们看出，司空曙寻山访僧人的妙用了。司空曙和僧道往来多年，写下许多给僧人、道士的诗篇。这些诗篇是司空曙的主要作品，如《云阳寺石竹花》《题凌云寺》《遇谷口道士》等等。其中《赠衡岳隐禅师》一诗为晚年作，传播甚广：

"拥褐安居南岳头，白云高寺见衡州。石窗湖水摇寒月，枫树猿声报夜秋。讲席旧逢山鸟至，梵经初向竺僧求。垂垂身老将传法，因下人间遂北游。"

作为官人和诗人的司空曙，崇德尚学，自强力行真是做到家了。

32 钱考功

书生钱起进京科考再次落榜，返回家乡湖州吴兴后，到塾馆对先生说："先生，我没有考中。"

先生想说几句安慰的话，又不知道说什么，沉默了一会儿说："不要气馁，有志者事竟成，总会考中的。"

钱起摇摇头："已经三次落榜，不考了。"

果然，第二天钱起开始寻访诗友，游历山水去了。

半年后，钱起回来了。听说先生天天在塾馆里授课，感到奇怪：我是先生的关门弟子，我不在，先生给谁讲课？难道又收新徒了？

钱起来到塾馆，悄悄到塾馆窗下听。只听馆内先生说："蹉跎莫遣韶光老，人生唯有读书好。"

钱起点点头，再听。

馆内，先生又说："立身以立学为先，立学以读书为先。"

钱起把耳朵贴近窗棂，再听。先生又道："非学无以广才，非志无以为学。"然后问："古贤说得对吗？"

"对！"钱起在窗外情不自禁做了回答。

这时候，窗户"呼"地打开。先生看到站在窗外的钱起，惊喜地跑出来抱住他："回来啦，好哇，好哇！"

二人进屋，钱起看到自己的画像挂在墙上。原来先生天天对着画像，为他传道授业解惑哪。钱起激动不已，跪下给先生叩头。先生拉他起来："明天就来听课吧。"

钱起在塾馆里兢兢业业又学习一年，再进京赶考。

钱起走了半个多月，已经接近京城了。天色已晚，入住一家路边客栈。吃过饭，洗漱完，坐在灯下温课。忽然听见外面有人吟诗，声音清朗："曲终人不见，江上数峰青。"声音由远而近，从院外到院里，又到窗前，反复吟诵就这两句。

钱起很奇怪，他披起衣服，趿拉着鞋子走出房门。院里月色朗朗，窗前无人，院里无人，他走到院门外左右看，也不见一个人影。钱起反复吟咏着"曲终人不见，江上数峰青"这句诗走进屋，抄录在一张纸上，夹在书页里，睡了。

天宝十年（751年）钱起参加"粉闱"考试，那次试题是

《湘灵鼓瑟》，要求写一首五言排律诗。他知道这题目出自屈原《楚辞·远游》里的句子"使湘灵鼓瑟兮，令海若舞冯夷"。因为塾馆先生讲解过，便很高兴地构思写下：

> 善鼓云和瑟，常闻帝子灵。
> 冯夷空自舞，楚客不堪听。
> 苦调凄金石，清音入杳冥。
> 苍梧来怨慕，白芷动芳馨。
> 流水传湘浦，悲风过洞庭。
> ……

后面两句却接不上了，苦苦思索，忽然想起那天晚上客栈院里吟诗的韵脚，不也属于"九青"部吗？于是，钱起提笔将"曲终人不见，江上数峰青"加在自己的诗尾，完成全篇，吟诵两遍，诗情诗意都好，交到考官手里。

考官看了诗末"曲终人不见，江上数峰青"一句，反复吟诵，又摇头晃脑将全诗读了一遍，拍案叫绝："像这样高妙空灵的结句，只有神物相助才能写得出来啊！"于是，考官把钱起置于较高的名次。

钱起金榜题名，高高兴兴回家，给父母报喜。再跑去拜谢先生。报告自己如何答题，怎样构思诗的事情讲给先生听。也将那夜在客栈小院里反复听到的诗文，怎样接续在自己诗末，完成试题的事情告诉先生。

先生问："真有其事？"

钱起说："真是奇怪，怎么正巧是那两句诗文，写上去就把整个诗情点燃了。"

先生从一个书匣里抽出一张纸，问："是这句诗吗？"钱起接过来一看，上面写着"曲终人不见，江上数峰青"的诗文。钱起诧异地睁大眼睛，怔怔地看着先生。

先生说："我也不知道是怎么回事。那天晚饭喝了两杯酒，早早歇息了。忽然梦里耳边一片鼓瑟之声渐听渐远，一片烟波散去，眼前几座青峰凸起。即景生情，心里就有了'曲终人不见，江上数峰青'诗句，便吟诵着来到一座小院子，走进院子，连续吟诵竟也醒来了。梦里景色又历历在目，吟诵的诗句犹在嘴边，爬起来记在这里。你看，下面还写着记录的日子呢。"

钱起回想那个月夜。正是先生梦里吟诵诗文的那一天。

师徒二人都觉得奇怪，沉默了一会儿，先生说："古人云，不一于汝，而二于物。看来你我师徒二人都在专心一事：师专注于教，徒专心于学，都心无旁骛，心心相印，便有了那夜的诗句，又恰恰被你答题所用罢了。"

钱起记住了先生"不一于汝，而二于物"的教诲。

钱起遵照先生的教诲行事为人，一生只做两件事：做官，写诗。为官曾作蓝田县尉，后为翰林学士，又任考功郎中，做得都很好，得"钱考功"美誉。钱起长于五言，词彩清丽纤秀，音律和谐。因与郎士元齐名，史称"钱郎"，为"大历十才子"之一。

钱起诗写得好，官也做得好。诗坛、官场都有好名声。

33　晨读图

顾况是一位很优秀的诗人，他的画也画得好。在五十岁的时候，膝下有二女一男，也算儿女双全了，一家人过得很美满。可是在他六十七岁那年，十七岁的长子忽然暴病死了。伤心欲绝的顾况写了一首诗："老人丧其子，日暮泣成血。老人年七十，不作多时别。"

三年后，顾况又喜得贵子。小妾给他生一个儿子，取名"非熊"。寓意于辅佐武王伐纣的太公望。寄望这个孩子长大后能成为姜太公一类非凡人物。

孩子满月那天的早晨，顾况起得很早。他想画一幅画，研墨、调色、展纸。几笔画出干梅枝，又画过喜鹊。再用墨点鹊喙时，传来小儿的啼哭声。一走神，画鹊喙下笔重了。本来想画开口鸣喜的鹊儿，没法开口了。也罢，就画成哑鹊吧。接着画一个小亭，亭下三个孩子在读书。给画作题名《晨读图》，下面又题款："亭下三个读书郎，枝头喜鹊口不张，莫扰学子读书忙。"

顾况为不张口的喜鹊找出一个好理由，画意也还好，就请人裱过了挂到墙上。

非熊四五岁了，一直不开口说话。寄予厚望的儿子原来是个哑巴，顾况很是惋惜。

一天，有一个僧人来到顾家，说口渴，讨一碗水喝。这时顾况正在家里，热情地请僧人进家门。叫佣人煮茶，上点心款待。僧人一边饮茶，一边与诗人说些闲话。僧人看到墙上挂的《晨读图》，说："这画倒也有意境，可否让老衲在上面涂鸦几笔，使画意更深远喜兴一些呢？"

顾况看出僧人非一般出家人。便拿来笔砚，请僧人在原画上添笔。僧人在哑鹊旁边，几笔画出一只正在飞落、仰头鸣叫的喜鹊。在原款下面添了两句："忽有一日飞鹊报，顾家儿郎上金榜。"

顾况看了连连叫好，家人看了也都啧啧赞叹。顾况说："借师父吉言，可惜膝下一儿却是个哑人，金榜题名美梦难成的啊。"

僧人一笑："有梦，就有希望啊。"

这天，僧人在顾家吃过午饭离去。

第二天，孩子们在院子里玩耍。两个姐姐捉弄小兄弟，把非熊弄急了，在院子里一边狂奔，一边嗷嗷大喊。跑得大汗淋漓，仰天长嚎："天啊——"非熊忽然开口说话："你们为什么要捉弄我，我是你们的兄弟，不知道我长大了要保护你们吗？"

两个姐姐愣住了。非熊怎么一下子会说话了呢？急忙喊来父亲和母亲，说弟弟能说话了。

父母亲一来，非熊状告两个姐姐："姐姐欺负我，因为嫌我是不会说话的哑巴吗？如若我又哑又瞎又聋，难道姐姐还要撵出家门，弃兄弟不顾了，哪有这样的亲人啊？"

两个姐姐道歉，一直哄得弟弟高兴了。

开口说话的顾非熊，好学求进。七岁作诗，十岁作赋，一时诗名大噪，成为远近闻名的诗童。他一边写诗，一边习文，准备参加科考，实现家族的夙愿。遗憾的是他从十八岁开始科考，屡试不第，考了十多次后，心灰意冷，不想再继续考下去了。

这时候，父亲顾况已经去世几年了。

这天，顾非熊正在家中校审诗稿。下人来报，说有一位僧人想讨一碗水喝。还说，那僧人曾经来过咱们家呢。顾非熊就请僧人进来，一见面，感觉似曾相识。忽然想起在他七岁那年僧人来过府上，便称叔说："僧叔，小侄想起来了，您为我父亲的《晨读图》添过笔加过款。我还记得自您来家后，我才开口说话的。

这是您给我们家带来的吉祥啊！"

顾非熊很热情地茶点招待客僧。

"既然称我为僧叔，我就叫你世侄吧。"僧人微微一笑，"今天我还是路过这里，顺便捎来一个口信给你。前夜做梦，梦中悲翁（顾况字号）嘱咐我一定劝勉你再去科考，不可辜负家人寄望啊。"

他们又说了一些闲话，僧人看到几十年前的那幅《晨读图》仍挂在墙上，便上前仔细观看，说："世侄啊，可否把画取下来，容我再加几笔啊。"

画取下来，僧人添笔并不多，只在干枝梅上戳戳点点，画几朵梅花——梅开二度。在他上次题款下又加一句"唐皇钦点育栋梁"。

这样提款就完整了："忽有一日飞鹊报，顾家儿郎上金榜，唐皇钦点育栋梁。"

旧作新颜，增加了更多的喜庆。

长庆二年（822年），皇上听说顾非熊屡试不第，很是奇怪。鼎鼎大名的诗人，又是名门之后，怎么就考不上呢？

这年秋闱，顾非熊再一次走进考场。

皇上调阅顾非熊的考卷，发现文笔清丽，辞理精密，见解独到，甚为欣喜，钦点高中进士。

进士及第的顾非熊，并不怎么喜欢做官，官也就做不大。大中年间（847—860年）做了几年盱眙尉，便挂冠而去，到父亲曾经隐居的茅山做隐士去了。

据说，僧人添过两次笔墨的那张《晨读图》一直在顾家珍藏。后来家族开枝散叶，分散到各地，《晨读图》究竟落入哪支哪脉的顾姓人家，那就说不清楚了。

34 神　器

李端，字正已，赵州人。大历五年（770年）进士及第后，授秘书省校书郎。又任职杭州司马多年，再返朝廷任职不久，即以清赢多病辞官。

李端晚年隐居在湖南衡山。

衡山回雁岭下，有一座规模不大的寺院，叫望峰寺。住持智补禅师是李端多年的朋友。李端一到寺院，禅师就把寺院的偏院腾出来让他住。

李端在这个安静优雅的小院子里读书、作诗。智补禅师有闲也常过来，两个人喝茶、说话。智补禅师虽然不写诗，却懂诗，对诗的韵律，诗的意境寓意都有自己的见解。这样，他们的话就显得浓浓的，茶水也变得香浓了。

有一天，智补禅师说："衡阳县丞孟煊常来寺院进香，每次香火钱都很厚。"

李端听过就说："好哇，香火旺盛。钱足了，你这寺院也该修缮一下啰。"

智补禅师却一脸沉重："我是担心这个孟县丞的钱来路不正啊。他的钱若真不干不净，不仅德业受到玷污，连我的小寺岂不成了藏污纳垢之所了？"

李端沉默了一会儿，说："我听说，这个县丞性格有些懦弱，他真敢贪赃枉法？"

智补禅师说："不敢说。人不可相貌。所以呀，他进香的钱，我一笔一笔都记得哪。而且都从功德账簿里划出来了，另存一处，别污小寺的名声。"

李端说："世人有受贿的，没有听说神灵菩萨也受贿。他的钱算是白花了。"

"是啊。"智补禅师说，"孟县丞进香是求菩萨保佑。可惜菩萨是普度众生，哪里会护佑一个贪赃枉法的人呢。"

说过这个话不久，就是中秋节。孟县丞又来寺院，再进一回香，数目也不小。智补禅师跑来对李端说："孟县丞今天进香，还抽求了一签，却是下下签，脸色很难看。老衲留他吃盏茶都被他推掉了。"

李端说："看来，他也是个可怜人。禅师何不救他一救？"

"他求助的是菩萨，我能做什么呢？"

李端说："想救他，你就把他请到我这里来。"

一天，孟县丞被智补禅师带到李端的偏院里来。孟县丞说："听禅师说，李大师能预测吉凶，还能逢凶化吉。小官想预测一下前程。"

李端请县丞、智补禅师坐下来，从柜橱里拿出一樟木匣子，从匣里拿出一件铜器——一只碗大的龟，龟背上蹲着一个蟾蜍，蟾蜍仰天张着嘴。李端说："先来说说这件铜器吧。这叫龟蟾仪，也叫人妖测器，是我在杭州任上请一位得道大师铸制的。那时候我手下有百十位官佐，有管钱财的，有管盐粮的。难免有一些人会萌生私念动歪心思。我就用这龟蟾仪测试百官。让他们往张开口的蟾蜍嘴里投一枚制钱。钱从蟾蜍嘴里放进去后，再从龟的尾下退出。退出来的钱没有变色，就去领年赏。退出来的钱变成黑色，说明这个官今年贪墨吃黑了……"

孟县丞仔细观看这个人妖测器："如此神奇，这可为神器呀。"

李端眯着眼试探："县丞若不信，可一试，投一枚制钱看一看？"

孟县丞有些尴尬地一笑："我信，我信。"

李端说："大人叫我为您预测前程，只信这个神器不成，还得信我才是啊。"

孟县丞频频点头："我信您，听大师的点拨。"

这天，孟县丞留下和李端吃晚饭。饭后两个人坐下来聊了一夜。第二天早晨，孟县丞下山走了。

孟县丞离开后，正好智补禅师来了。李端告诉他：孟县丞被县令一伙裹挟进去，贪占国家救灾钱粮，他不忍，却又无奈于一群枉法的官吏，只好求助神灵保佑。李端说："我一夜开导，让他及早脱身。"

智补禅师问："怎样脱身？"

李端说："将自己贪占的那一份钱粮如数退还，辞呈回籍。"

"县丞应了？"

"应了。"

这时候，刚刚就任相位的姚崇、宋璟帮助皇上开创"开元盛世"，推行吏治改革，惩办贪官。衡阳县一下子法办了十多名官吏。适时退出赃物的孟县丞，被姚崇称作"明智之臣"，不仅毫无牵连，还被委任为衡阳县令。

这天，智补禅师来偏院吃茶，问李端龟蟾仪的事情。

李端说："哪里是什么神器呀。机关全在龟尾巴上。我在审验官吏，让他们投制钱时，仔细观察他们的神色表情。凡是表情自然神色淡定的，我在龟尾上悄悄按一下，那制钱便从龟尾下退出来了。看到一些神色慌乱、表情不自然的官吏投钱，我在龟尾上悄悄按两下，内里的机关自然转动，把刚刚投进去的钱转上去，将事先装进去的黑色制钱退出来了。

"哈哈哈。"禅师大笑，"原来是司马大人在弄玄虚呀。"

李端也笑："佛家讲，四大皆空。空就是无，无就是空。我呢，真就是假，假就是真。我的雕虫小技，使某些官吏刚刚萌生的私欲及时止住，让他们真心为民做事，真诚为国效力。你说我的神器是真也，假也？"

智补禅师拊掌："我佛佛法，被你用活了。"

不久，衡阳新任县令孟煊来望峰寺，给菩萨进过香，就匆匆来到偏院。一进屋子就揖拜李端："李公，感谢您的指点啊……"

两个人坐下来喝茶。这时，孟县令说："恩公，把您那神器拿出来，我投一币如何？"李端笑了："不必了。孟县令的每一枚制钱都是干干净净的啊。"

35 "茶僧"皎然

　　陆羽被称作"茶圣""茶神"，这谁都知道。可是谁帮助他研茶、支持他写出《茶经》一书，怕是没有几个人知道吧？

　　这个人叫僧皎然，唐朝诗人，是一位很有名的茶僧。在吴兴抒山妙喜寺做过住持。

　　还是先说陆羽。

　　陆羽是个弃儿，被皎陵龙盖寺的智积禅师抚养长大。

　　一天清晨，智积禅师在郊外游走。走过一个小桥，忽然听见桥下群雁哀鸣，很好奇，便走下桥去。只见一群大雁，用翅膀护着一个男婴。孩子冻得瑟瑟发抖。孩子真可怜，智积禅师把孩子抱进怀里，匆忙带回寺里收养。

这座小桥，后来被人们称为"古雁桥"。据说，小桥遗迹至今犹在。

智积禅师给孩子取名，以卦辞"鸿雁于陆，其羽可用为仪"定姓为"陆"，取名为"羽"，叫陆羽，以鸿渐为字。

智积禅师喜茶，饮茶十分讲究。陆羽在六七岁的时候就学着给师父煮茶。水质、火势、烹煮都得要领。陆羽十二岁那年，离开龙盖寺，在当地一个戏班子里演丑角。会煮茶、沏茶的陆羽常常给戏班头煮茶喝。班头喝出茶瘾来了，干脆就叫他专门煮茶侍奉。陆羽煮茶名声在外，被谪守竟陵的名臣李齐物赏识，送到火门山邹老夫子门下，深造茶艺七年再下山。

下山的时候，陆羽已经是个十九岁的青年了。他立志茶道，遍访天下名家，游走名山河川，品评名茶美泉。在无锡与县尉皇甫冉论茶，在扬子江与刺史李季卿同船游江。刺史说：扬子江中心的南零水煮茶极佳，何不在此煮茶品茗。说着令士卒驾小舟去江中汲水。不想士卒行船不稳，一瓦罐水泼洒过半，从江边偷偷舀水充兑。陆羽舀尝一口，说："此为近岸江中水，非南零水。"刺史令士卒再去取水，取来再尝。陆羽微笑着说："此乃江中心南零水也。"

取水的士卒急忙跪在陆羽面前，说了实情。

陆羽对刺史说：南零水和临岸水，一清一浊，一轻一重，稍细心就会辨别出来的。

这时候，陆羽的茶道已经是炉火纯青了。可是，他还觉得缺什么。缺什么呢？他想了又想，缺一种神韵。

哪里寻神韵？陆羽想到南方儒道汇流。他一路南行，来到湖州，听说抒山妙喜寺有一位茶僧叫僧皎然，茶艺高深精湛。

这天，陆羽来到妙喜寺，求见僧皎然。

僧皎然想，这个要求见他的陆羽是个什么人呢？他想考察一番。于是，找来与自己年龄相仿、模样也差不多的九个僧人，和皎然禅师戴一样的僧帽、穿一样的僧袍。一人一张桌子，一茶碗，一字摆开坐好。值日僧将陆羽请过来，宣布："现在陆先生给各位师父献茶。"

陆羽执一壶茶，走到左数第一张桌前面，斟满一碗茶："师父请喝茶。"走到第二张桌前，再斟满一碗茶："师父您慢用。"陆羽一一给十位师父献过茶，站到一旁。这时候，值日僧说："陆先生，您要求见的皎然禅师就在这十人当中，能指认出来吗？"

陆羽对值日僧点点头，又对十位师父微微一笑："我想坐在右侧第三位的，一定是皎然大师吧。"

僧堂里一片掌声。皎然禅师站起来，招手，让陆羽坐到他面前，问："你怎么认定我就是皎然呢？

陆羽站起身说："师父眼睛清澈明亮，这是因为您早、午、晚三次喝茶喝出来的。还有，您一定喜欢用残茶拭目，所以眼里温润清和。这是辨认师父的第一个理由。第二个理由是，十位师父在接我茶时，都是一样的微笑。可是皎然师父接我茶时流露的笑容，让我从心底感到一种切身的温暖和亲情。我便认定，这就是我千里迢迢寻访的师父啊！"

陆羽就留在妙喜寺。师父皎然腾出僧房，又派来一个小僧，每天拾柴、汲水、烹茶，料理他的起居。让陆羽在寺里会茶农、议茶事，收集整理茶事资料，一心一意潜心研茶艺茶道。皎然师父还在妙喜寺旁边的顾渚山，为陆羽置一处茶园。陆羽要在园里亲自栽植、培育、采摘、煎制、加工，样样都要自己动手去做。

陆羽的茶艺、茶道在别人看来已经达到出神入化的程度，可是，他觉得还缺点什么。

这天，陆羽和僧皎然对坐饮茶。陆羽问："师父，人有魂活得就鲜活；山水有灵，就显得灵秀。那么茶、茶道也应该有灵韵的吧？茶的灵韵是什么呢？"

僧皎然一笑："山水有灵，来自山水天地的茶自然也就有灵。这你似乎是知道的呀？"

陆羽很茫然，看着僧皎然。

僧皎然说："就说你采茶吧，你选十四至二十二岁的女子，先叫她们清水洗手，再让她们在你事先预备好的露水里浸泡拇指和食指达两炷香的工夫，然后才让她们上山，在晨雾里采茶。为什么？就是要年轻女子用洁净带花露香气的手采摘茶叶的同时，也一并采集来自天地山水的灵气。这样采集来的茶自然就有灵韵啦。"

这时，小侍僧端来一壶茶，为僧皎然和陆羽斟满两盏。僧房里立即飘起奇异的茶香。

僧皎然说："茶有灵韵，可是没有几人能体悟到。只有爱茶，与天地山水气脉相通相融的人才略有体悟啊，这样的人天下能有几人啊！"

"那么，师父您呢？"陆羽问得很唐突，说过就觉得失言了。

僧皎然却不怪，很谦逊地说："佛茶之风，佛禅一味。要真能喝出一壶茶的韵味来，我还得慢慢体悟咂摸一些年啊。"

陆羽在妙喜寺潜心研究茶道多年，在僧皎然的帮助支持下，他完成了举世闻名的《茶经》一书。还有："半榻梦刚回，活火初煎新涧水；一帘春欲暮，茶烟细飐落花风。"的楹联也是千古流传。

僧皎然与陆羽交往四十年，陆羽流传千古。而史家写僧皎然与陆羽的交往文字里，只写僧皎然是陆羽的"缁素忘年交"五个字。所以今人都记得"茶圣"陆羽，却很少有人知道，还有一位叫僧皎然的得道茶僧。

36 棲贤山的晚霞

吏部尚书刘晏兼任大唐的盐铁转运使，那时候这是一个很重要的官职。一次招募吏员，贴出告示，一下子来了几十个应聘者。刘晏要亲自面试，择优录用。几十个应聘的人排成一行，站在转运使大堂廊下。刘晏落轿，从一排应聘人面前走过，每个人都扫一眼。他们中有的一脸笑容，有的眼神游移，有的畏缩把头低下去。只有一位三十来岁的年轻人与众不同，与刘晏四目相对，神色镇定而平和。刘晏重咳一声："此人留下。"说过大步走进大堂。

此次招募，只招这位神色镇定的青年人。

这个人叫戴叔伦，字幼公，写出《女耕田行》，是为后人留下"无人无牛不及犁，持刀砍地翻新泥。姊妹相携心正苦，不见路人唯见土"这种带有浓郁乡村气息诗句的唐朝诗人。

戴叔伦被招募后，就留在转运使府邸，帮助刘晏做盐铁转运的差事。一次，戴叔伦押运几船盐粮，从运河南下，在运河下游，被反唐叛臣杨子琳劫持。戴叔伦被叛军五花大绑捆到杨子琳面前。杨子琳亲手解下戴叔伦身上的绳索，说："我知道你在刘晏手下做事。刘转运使本将也认识，看在他的面子上，我想放你走。"

戴叔伦谢过，转身便走。杨子琳唤住他："东西您得留下。"

戴叔伦"嘣"地坐在杨子琳面前："那就杀死我吧。"

杨子琳呵呵一笑："你还是大唐的一位义士哪。刘晏真有眼力，佩服。"说过拂袖而去。

戴叔伦做了一死了之的打算。

没想到第二天，人放了，几船货物也返还了。

后来戴叔伦听说，杨子琳是被手下钱粮官的一番说辞改变了主意。既放人，又放货。戴叔伦记住了那个钱粮官的名字：崔铭。

刘晏更加赏识戴叔伦，向朝廷举荐他做了东阳县令。在戴叔伦任职的第二年夏天，东阳连续大雨，淹没村镇，毁坏田园，灾民居无所，食无粮。戴县令知道请求朝廷赈灾最少也得一个月，灾民如何等得了？这时候，他想起一个绰号叫"老河风"的人。此人是运河上的"舵帮"，专门做拖船领航、修补舟船、在逆流急水中替人拉纤的水上营生。有时也做堵塞航道、霸占泊头的事情。偶尔也劫持一些不法商人和官家走私的船只。手下有几十号兄弟，据说这个人在山里藏有存粮，还在钱庄存有白银。

戴叔伦就派人查"老河风"的底细。听说，这个叫"老河风"的人真名叫崔铭。戴县令听了，一拍大腿：找他去！

崔铭住在城外一处财主家的偏院里。他无妻，也就没有子女，一人独居。戴叔伦走进小院，见一个五十来岁的汉子正在菜畦里除草。戴叔伦自报家门，崔铭"啊"了一声："是父母官来了，有失远迎。"

"咱们是见过面的吧？"戴叔伦问。

"是吗？我可不记得。"

戴叔伦呵呵一笑："您是崔铭，崔先生对吧。"

崔铭一怔："您是来拿我的？"

戴叔伦将崔铭手里的锄接过，两个人坐到院中一棵槐树下，说："我本该是来谢您的，感谢您的救命之恩。可此番却是求您来了。"

"谢我什么？"崔铭一头雾水。

戴叔伦说："那年我被杨子琳劫持，本要杀我头。是您的一番话，使叛贼改变了主意。您对杨子琳说：'戴助办运送的是粮食和食盐，乃民生之需。您劫下来，百姓就要饿肚子。我们已经得罪朝廷了，还要再去得罪百姓吗。那我们可就没有容身之地了……'您是这样说服杨子琳的吧？"

崔铭愕然："这些您是怎么知道的？"

戴叔伦说："凡是为民办好事，百姓就在天下传扬，我怎就不知呢？"

崔铭用茶点招待戴叔伦，也给县令讲了他离开杨子琳缘由：道不同不相为谋，就吃水上这碗饭啦。

"水上这碗饭，满碗流油吧。"戴叔伦开起玩笑，使崔铭多少有些难为情。喝了一会儿茶，他说："父母官是为灾情来的吧？"

"崔先生明智，本官正是为此事而来。救民于水火，帮帮东阳的父老乡亲吧。"戴叔伦站起作揖。崔铭急忙阻拦："我在东白山的一座山洞里，藏有几千担粮食，为手下兄弟们和他们家眷预备的。今东阳大灾，理应奉献。钱庄里还有一些财物，也取出来，给乡亲们修补房屋吧。"

戴叔伦十分感动，想了想说："先生手下弟兄们也需生计。我想，县衙出资安置一些老人生活。年轻的弟兄由您带到县衙，做衙役、捕快，也帮助我维持一下治安，可好？"

"幼公(戴叔伦字)，谢谢啦！"

这一声称呼，一下子拉近了他们之间的关系。崔铭说："我们是什么人，您是知道的。您就不怕担风险吗？"

"救灾如救火，紧要关头，您出手救民于水火，这是大义。圣上知道了会很高兴的。"

戴叔伦用崔铭的几千担粮食和他存在钱庄里的财物，救了十多万东阳百姓的性命。皇上知道了果然很高兴，升戴叔伦为四品抚州刺史，授金紫服。

有人就嫉恨了。左拾遗阎彪，谏言皇上说："戴叔伦所用救灾粮，来自崔铭——一个曾经的反叛的钱粮官。崔铭储存那么多粮食想做什么？不就是想着再次造反吗？"

皇上听信谗言，暗中派人查戴叔伦与崔铭的关系。戴叔伦知道后，上奏皇上，历陈崔铭的功过，死保崔铭。这事使戴叔伦很伤心。早已厌倦仕途的戴叔伦上表自请为道士，走进楼贤山里去了。

许多年后，戴叔伦和崔铭在大山里会面。戴叔伦说："崔先生救我一命，我也保先生一命，咱们算是两清了。可是我还要替东阳的百姓谢您啊！"

崔铭说："幼公，我是真心谢您来了，您给我一个赎罪、改过自新的机会。要不然我哪里还有脸面去地下见我爹娘啊。"

"呵呵。"两人一同大笑，手拉手走出道观。这时候已经傍晚。山峦，晚霞，清风。

二人站在道观前面，赞叹：楼贤山的晚霞真是美极了。

37　闻雁来

韦应物来大兴山脚下的善福寺院休养有半年了，身体大有好转。

韦应物来这个寺院养病，有两个缘由；一是这里和老家杜陵村近；二是善福寺的高僧袁淑是自己多年的老友。韦应物发现，与袁僧一席谈，甚至在一起喝一次茶，心灵上都会有慰藉。

韦应物十五岁就做唐玄宗的侍卫,出入宫闱，侍奉皇帝和皇后。二十七岁那年做了洛阳丞。"安史之乱"时唐玄宗奔蜀，流落失职，老皇上的红人就不被人待见了。韦应物常常焚香扫地而坐，回想往事，感受到了世态炎凉，也认识到官场的虚伪与势利。可还是没能脱俗，后来又去做京兆府功曹、朝请郎。前年夏天做起了户县县令。不到一年弄得身心疲惫，病倒辞官，来善福寺院休养。与其说他在寺院的身体得到休养，不如说他的心河得到安澜。

这天，韦应物用过早餐就想到外面走一走。他走出善福寺，沿着一条小道进山了。仲夏的山野满目蓬勃，花香扑鼻，耳边是水声和鸟鸣声。这时，韦应物想起昨夜灯下写的几行诗来，随口吟诵："吏舍跼终年，出郊旷清曙。杨柳散和风，青山澹吾虑。依丛适自憩，缘涧还复去。微雨霭芳原，春鸠鸣何处……"青山、翠峰、清泉、鸟语花香，这与龌龊的官场真是天地之别啊。

韦应物走着走着，远远看到一个人。到近前才认出是临村一位采草药的老翁。常见他在善福寺院和袁道长喝茶叙谈，但不知其名，韦应物见到他每次都喊"采药翁"，而老翁则称他为"韦县令"。

"采药翁，进山采药哪？"

老翁抬头一看："哦，是韦县令啊，好雅兴。"

韦应物看到老翁已经采集了半篮子草药，还有十几束山花。五颜六色的花都用马莲束起，整齐地摆在篮子里。老翁见韦应物的眼睛盯在花束上，就说："这是采药时随手摘的，回村里送给乡亲，给他们带去一些山野之风吧。"

"采药翁好性情啊。"

韦应物帮助老翁又采摘了几束山花，学着老翁用马莲束扎起来放进篮子里。这时候，已经是中午了。他们走近一眼泉水边，老翁从背囊里取出一个小铜壶，取泉水煮茶。二人在这里午餐、叙谈。

"韦县令幽居善福精舍，有些清苦吧？"

"韦喜静，精舍的幽静难得，难得呀!"

"不再依恋那一呼百应的日子啦？"

"百应得背后是千愁，长夜难眠啊!"

说到此，两个人呵呵大笑。

老翁将一碗茶递给韦应物，说："人最可怜处，是被欲所害。色欲、权欲、财欲，欲海难平。拼命争夺，结果呢，淹死在欲望的海洋里，悲乎？惨乎？"

韦应物饮过茶说："欲乃人之所有，贵在节制和收敛。"

"小欲如小河溪流，丰衣足食足矣。大欲则是大江大河，奔腾咆哮，一泻千里，万难摆脱。"

"您说得极是。"韦应物点头称赞，"适时而止，欲海拔身，怕是万人无一啊。"

老翁的眼睛盯住韦应物，问："那么，你呢？"

韦应物一时语塞。

他们下山了，年过六旬的老翁健步如飞，而刚刚年过四十的韦应物走在老者身后则气喘吁吁。

回到善福精舍后，韦应物一直不忘老翁的询问。是啊，我的俗缘牵挂，私信欲念断了没有呢？

不久，韦应物就离开善福寺院回家，为长女出嫁的事忙去了。对世事总有牵挂的韦应物，在家乡杜陵村休养不到三年，又被朝廷招去做了滁州刺史。

在离乡赴任前，韦应物再去善福寺院，与道长袁淑告别。在精舍烹茶叙话时，韦问起采药翁。道长说："你说的是郑公吧？老人家活得健壮，比我这个道人还自由自在，那才是个神仙啊！"

韦应物说起那年在山里煮茶时的那番议论，依然感慨万千："采药翁多有高论啊。"

道长问："难道你不知郑公是谁？"

"不知，老翁有何来头？"

"你为先皇侍卫，一定听说过郑潜这个名字吧？"道长为韦应物续过茶问。

"郑潜，大名鼎鼎的太仆寺卿？"

"正是。郑公反对先皇强纳杨玉环，被贬谪为梁州司马。又反对先皇拜杨国忠为相，再遭贬谪。郑公愤而弃官，多年来一直与贫道一起修德养性哪。"

韦应物长吁一声："哎呀呀，错过前辈郑公的教诲，甚憾。"

那天，韦应物离开善福寺院，本来是去找郑公的，想当面赐教。可巧郑公在山里采药，没能相见，成为终身憾事。

贞元六年（790年）秋，韦应物在苏州任上被罢黜，闲居苏州永定寺。贞元七年（791年）冬日，卒于苏州官舍，终年五十五岁。后遗体运回长安，归葬少陵原祖茔。

归葬韦公时，只有他的两个女儿及女婿和少数家人为其送行。善福寺院的袁道长和郑公也来了，他们含泪诵咏《闻雁》："故园渺何处，归思方悠哉。淮南秋雨夜，高斋闻雁来。"

两位好友用诗人的诗，送老朋友走了。

38　赴任昭应

诗人卢纶，是大历十才子之一。

卢纶长得很瘦弱。打个比方说，他就像一根竹竿套上了一件袍子。伸出袖子的手臂也是瘦骨嶙峋的，眼睛却很亮，一看就是个聪明人。

卢纶在社会上很吃得开，原因有二：一是他的诗名，二是他的热情和社交能力。一个普普通通的年轻学子，就能结交宰相元载、王缙这样的权贵和常衮、齐映、令狐楚这样的达官贵人。

卢纶不但与上层有交往，和一般百姓更熟络。有一个故事，说卢纶在一家酒肆吃酒。一位酒客嫌老板切的肉不多，老板认为不少。两个人就吵起来了。一旁吃酒的卢纶就讲了个笑话，争吵的两个人都笑了。老板说："嫌少再切几片。"酒客说："要说下酒也够了。"皆大欢喜。

卢纶还会幻术，就是民间说的戏法，今天我们熟悉的魔术。别人耍戏法用两个茶碗，三个小绒球，在两个碗里倒腾。你说在这碗里，偏偏在另一个碗里，谁都说不准。卢纶的幻术不用碗，只用三个小绒球，在两只瘦骨嶙峋的手里，换来换去。许多眼睛一起看，没有一人的眼睛看出破绽。

当朝宰相元载很多年前就和卢纶有交往，他在与唐代宗商议政事的闲暇，常常将卢纶的故事、轶事讲给唐代宗听。说的次数多了，唐代宗有了兴趣，就说："这个人有点意思，哪天宣他一宣。"

大历六年（771年）秋天，宰相元载陪同唐代宗在皇宫后苑散步。那时满苑菊花开得正盛，海棠树是也是累累果实。花香果香，一轮旭日在满天彩霞的映衬下，恰好爬上了对面皇宫庄严的屋脊。唐代宗兴致很高，忽然转过头来，对身后的宰相元载说："爱卿不是常常给朕说起那个……卢什么吗？宣他来，让朕见识一下。"

元载连忙差人去找卢纶。

站到唐代宗面前的卢纶，一身袍子在风中鼓荡。元载示意卢纶给唐代宗跪拜。卢纶急忙下跪，被唐代宗扶起——真担心他这一跪还能不能站起来。

唐代宗说："听说卢学士会幻术，可给朕开开眼。"

卢纶前后一看，前面一株海棠树，枝头结满通红的海棠果。他举起右手，从枝头摘下一枚海棠，在面前一划，再打开掌心，什么也没有。他再打开左手，那枚海棠果竟在他左手里。卢纶再举起左手，从树上又摘一枚海棠，在面前一划，打开掌心，空的。再打开右手，海棠果在他右手里。卢纶把两枚海棠果放进侍女的托盘里。

唐代宗笑逐颜开，那些陪同的官员和侍女们都掩嘴惊叫。

这时候卢纶更加得意，他右手摘一枚海棠，左手摘一枚海棠，两手在空中划过，张开，两手空空。卢纶说："皇上，两枚海棠果在您的龙袍里呢。"

唐代宗在怀里摸过、腰间摸过，说："没有啊？"

卢纶有些放肆了，竟然上前去从唐代宗龙袍里取出红彤彤的两枚海棠果来："皇上，这叫日月进怀，您与日月一样，普照大地啊！"

唐代宗甚为高兴，开怀大笑。

元载是个很有谋略和心计的人。他趁唐代宗高兴，从衣袖里取出一纸诗稿，说："卢学士还有诗作请教皇上呢。"说着就把卢纶写的那首《长安春望》递给唐代宗：

东风吹雨过青山，

却望千门草色闲。

家在梦中何日到，

春生江上几人还？

川原缭绕浮云外，

宫阙参差落照间。

谁念为儒逢世难，

独将衰鬓客秦关。

皇上一字一句读过，大加赞赏。对站在一旁的元载说："卢学士如此好的学问，宰相你看该赐他一个什么官职啊？"

于是，卢纶被授阌乡尉，再做秘书省校书郎。后来在元载的举荐下升任监察御史。

大历十六年（781年）冬天，做了十六年宰相的元载因为专权、贪腐被唐代宗下诏赐其自尽。一路被元载提携上来的卢纶受到牵连，也被送进大狱。

在冰冷的牢房里，卢纶一人独处。他想到仕途的坎坷、官场的险恶、人情的淡薄，真是厌恶之极了。想起自己游历山水、对酒唱和、泽畔行吟、无拘无束的日子，非常后悔出来做官啊！

过了几年唐德宗继位。新皇上赏识卢纶的学才，放他出狱，还任命他为昭应县令。

贫寒出身的卢纶经过官场的几度沉浮，很是厌倦，本不想再去做官。可是听说昭应县连年受旱灾、水灾，百姓生活于水火之中。有着"救民于水火"情怀的诗人便接受朝廷的任命，就去做昭应县令了。

在一个雪花纷飞的早晨，卢纶背起行囊走出家门，不大一会儿，他瘦骨嶙峋的身影就消失在漫天风雪里……

39　不知心恨谁

　　唐朝实行的是科举制，每年春季二月科考，叫"春闱"。

　　参加科考的学子们，一般都在前一年秋就陆续来到长安，或住在客栈，或居会馆，日夜苦读，准备来年春天的考试。

　　书林街上的状元楼是一家上等会馆，条件好。许多进京赶考的学子就奔着"状元"二字，所以才住进会馆里。

　　河南学子李益刚刚住进状元楼。住在一墙之隔的邻居，宜兴考生蒋防就走上楼来了。两个人情投意合，谈得甚欢。他们每天读书用功，闲暇时喝茶说些闲话，偶尔也小酌。酒喝得不多，浅尝辄止。有时候二人还出门转一转，去的地方是儒林苑，那里有书店、书坊、画廊。他们赏画、看书。有喜欢的书便买下来，拿回去细细读。

一天，李益和蒋防再次来到儒林苑。那是个冬日里的小阳春，不冷，二人转着转着来到长安最繁华的南街。这里茶馆、书场、戏楼、酒肆遍布，人来人往，摩肩接踵，很是热闹。他们边看边走，忽然传来悦耳的琴声和幽婉的歌声，二位学子驻足聆听。歌声来自楼上一扇半敞开的窗口。他们听出这是诗人李白诗谱曲的《怨情》，歌者唱得凄楚与幽吟："美人卷珠帘，深坐颦蛾眉。但见泪痕湿，不知心恨谁？"特别是尾句"不知心恨谁"一句唱得催人泪下。

二位学子不禁拊掌称赞："妙哉，妙哉！"

楼上窗口探出一张脸来，宛如一朵桃花，惊得二位学子说不出一句话来。

楼上美人一笑，"啪"地关上两扇窗。那朵美丽的"桃花"立即香消云散，什么也没有了。

有人告诉他们说，这是盈月楼——是长安城最有名的艺馆。

后来李益、蒋防常常来到盈月楼听琴听唱，抚琴唱歌的自然是那个宛如桃花的女子。这女子肤若凝脂，人面若桃花，已迷得二位学子有些魂不守舍了。

女子叫霍小玉，也算是出身名门。父亲是唐玄宗时代的一名武将，御敌战死后，为妾出身的母亲刚刚生下她，就被霍家逐出家门。母女二人流落民间，吃尽苦头。为生计，霍小玉稍长就进了盈月楼，做歌舞伎待客。

霍小玉为李益、蒋防抚琴吟唱。还常常将二位学子的诗词谱过曲子唱。累了，霍小玉就煮茶，三人喝茶聊天。渐渐熟络起来后，蒋防就有些言语轻佻了。霍小玉很不喜欢这样。每每分手，霍小玉只和李益道别："李公子再会啦。"蒋防心里很不快。后来蒋防越发轻佻无理。那次分手，霍小玉竟对李益说："李公子，想听小玉抚琴，只管一人来就是了。"

这等于宣告蒋防是个不受欢迎的人。

蒋防自也知趣，再也没有来霍小玉这里。

这时候，一年一度的科考日子到了。李益、蒋防应试完，在等待发榜的日子里。李益几乎天天都在霍小玉这边，卿卿我我，到了谈婚论嫁的时候了。蒋防一人留在会馆，想着李益、霍小玉心中就有一股嫉火。于是就编排他们的绯闻、故事。

很快，张榜昭告，李益、蒋防都得中，为大历四年（769年）进士。

蒋防高高兴兴返回宜兴。李益与霍小玉厮守几日，信誓旦旦，以缣素书，永不相负誓言返回河南。在家不日，李益就接到朝廷赴任郑县尉的任命，李家真是双喜临门。这时候父母为李益聘表妹卢氏为亲。李益百般推托，讲与霍小玉缣素书誓。豪门大户，讲究门第的李家，哪里容得风尘女子进门呢。

可怜霍小玉日盼夜盼，苦等一年，日夜涕泣，忧伤而疾。这事竟在长安传得沸沸扬扬。

忽然有一天，一个"黄衫客"，将李益带到霍小玉面前。有记载说："小玉见到李益，欻然自起，更衣而出，恍若有神。遂与生相见，含怒凝视，不复有言。羸质娇姿，如不胜致，时复掩袂，返顾李生。"

而在蒋防写的《霍小玉传》里则写道："玉乃侧身转面，斜视生良久，遂举杯酒酹地曰：'我为女子，薄命如斯。君是丈夫，负心若此。韶颜稚齿，饮恨而终。慈母在堂，不能供养。绮罗弦管，从此永休。徵痛黄泉，皆君所致。李君李君，今当永诀。我死之后，必为厉鬼，使君妻妾，终日不安。'乃引左手握生臂，掷杯于地，长恸号哭数声而绝。"

蒋防还在他写的文中说：果然经常发生一些异事，李益精神恍惚间，常看到有男子模样的人和卢氏来往，误以为卢氏有私情，常常打骂卢氏。《唐才子传》亦有记载："因猜忌休卢氏，至于三娶，率皆初焉。"

我为写此篇，细细研读有关李益霍小玉文字。感觉《霍小玉传》的作者蒋防是带着私愤偏见写李益、霍小玉这对情人的。他一棍子打倒两个人，一个怨妇毒舌，一个悖逆的负心汉子。经过我分析李益、霍小玉两个人的相识、交往、分手的过程看，绝非蒋防笔下千夫所指那样的人。《稗边小缀》汪辟疆也说："李益夫妇之间无聊生者，或为当日流传之事实。小说多喜附会，复举薄口之事以实之。"

我笔下，霍小玉貌美若仙、纯正善良，该是个有情有义、深明大义的女子。这样的女子怎么会恶诅"必为厉鬼，使君妻妾，终日不安呢？"她受尽封建家族欺凌迫害，深知封建礼教的狠毒。李郎顺从媒妁之言，听从父母安排娶卢氏，她当是理解原谅的。霍小玉长恸号哭数声而绝，是对不幸命运的哀嚎，是对不幸爱情的恸号。深爱李郎的霍小玉为了不让李益多一份牵挂，多一份忧愁，以死换来心爱人的一生平安幸福，此为大爱也。

文章到了该收笔却不知道怎么结尾时，我到外面散步，不知不觉走进附近山中一道庵。不知怎么就和一位老尼攀谈起来，话题竟然说到爱情与婚姻。老尼说："世上的爱情婚姻各式各样的，归纳起来无非三种；大多的爱情是私我，还有一些爱情是相互奉献，只有极少数爱情为牺牲。此为大爱致爱。这种爱情可遇而不可求，人间少之又少啊！"

我想，李益与霍小玉的爱情大约算是大爱吧？

40　灵隐午茶

白居易走下朝堂，见左拾遗元稹正在那儿等他。他假装没看见，径直往台阶下走。元稹紧走几步，赶到白居易面前：

"乐天兄（白居易字），你今天的话真是有些过头。指陈时政之失，无所忌避，连皇上都扯进去了。没看见皇上很不高兴吗？"

白居易说："我是谏臣，是为朝廷谏言指陈时政的。有话说不透，对国事陈述不清，岂不是渎职？"

元稹叹一声："怕是有麻烦啊。"

白居易与元稹是贞元十七年（801年）在长安相识的。同住华阳观学习备考，一住就五年。元和元年（806年），二人在考试中双双胜出。他们诗风相近，又情投意合，便结下深厚友谊。

这天晚上，御史大夫李德裕来到白居易家。李德裕是宰相李吉甫的公子，也喜欢诗文。两个人先是议了一些诗歌的话题，就转到上午朝议的事情上。李德裕说："相父说朝议上左拾遗言语虽然犀利些，有些话还是有道理的。还说乐天是个人才，该有个更好的官职啊。"

"谢谢宰相大人，有冒犯处还望大人海涵。"

"不妨事，不妨事的。大家都为皇上办事，口舌之争难免。"

这晚，一个左拾遗，一个御史大夫，两个人说得甚欢。

第二天，元稹来白居易家。二人正在院里葡萄架下喝茶，相府的佣人提着一篮蜜橘，一篮苦瓜来了，说："昨天御史大夫看到左拾遗双目红赤，心有内火，就派小的送下火的果菜来了。"

相府的佣人刚走，元稹就说："麻烦事来了吧。"

白居易一愣："什么麻烦事？"

元稹指了指放在桌子的两篮果蔬，说："一篮蜜橘，一篮苦瓜。乐之你是吃甜的呀，还是吃苦的呀？"

白居易恍然大悟。这是要他在牛李党争中摊牌呀。

真是天助。正在白居易左右为难时，家乡来人告知家母故去。他匆匆忙忙回到故里守孝三年。当白居易再返长安后，皇帝安排他做了左赞善大夫。人到中年，他的脾气秉性却没有改变。

这时候朝廷又出了一件大事——宰相武元衡和御史中丞裴度遭人暗杀。武元衡当场身死，裴度受了重伤。对如此大事，党争正炽的两个集团居然都保持沉默，不急于处理。白居易十分气愤，便上疏力主严缉凶手，以肃法纪。可是那些掌权者非但不褒奖他热心国事，反而说他是东宫官，抢在谏官之前议论朝政是一种僭越行为，将他逐出京城。

后来白居易虽然返京，但国事日非，朋党倾轧，屡屡上书言事不纳。又与好友元稹有隙，心情郁闷。白居易离京外任，于长庆二年（822年）十月，赴任杭州刺史。

在官场上心灰意冷的白居易，一到杭州就被这里的山河锦绣所吸引，诗兴大发，游走在柳浪曲院，平湖清风里，吟诗作文。这一天，白居易只带两名侍从来到灵隐寺。他们一到寺门，看到一位白发老僧正在送客。老僧上下打量过，再匆匆送过客，回过头问："施主是新任刺史乐天先生吧？"

白居易一愣："师父您怎就知道？"

"没有猜错就好。"僧人伸手请客人进寺，"老衲是寺院住持云海。"

白居易急忙施礼："早知法师大名，今天叨扰了。"

云海法师一边介绍寺院历史与故事，一边穿廊走殿，看过天王殿、大雄宝殿、药师殿和直指堂。这时候已是晌午时分了。云海法师说："白刺史请到老衲僧舍用茶吧。"

白居易也是口渴了，跟着大师脚步走进僧舍。那里早已摆好点心，一壶西湖龙井沏得飘香。二人边饮边叙，云海法师说："上有天堂，下有苏杭。杭州山水清丽，是写诗作文的好地方啊。刺史大人新作不少吧？"

接着云海法师吟哦："欲送残春招酒伴，客中谁最有风情？两瓶若下新求得，一曲霓裳初教成……"

白居易急忙阻拦："见笑，大师见笑了。那是刚刚来杭时的胡乱涂鸦，不成诗，不成诗的。"

云海法师一笑："诗，自然是诗，写得柔婉疏散了些。比起《赋得古原草送别》里的'离离原上草，一岁一枯荣。野火烧不尽，春风吹又生'的诗句，成色可就大不同了。送别诗诗意盎然，诗情蓬勃。记得是刺史十六岁时写得吧？顾况都说了，凭这诗可居长安不难。少年有才呀！"

云海法师懂诗，更是世事谙达。他解说"读书报国"：在皇上那里只为一朝、一帝、一人的皇权宝座侍奉。而在民间则为一地（方）、一时（期）、一众生效力。哪个更有意义呢？自然是为民众效力。

云海法师叮嘱白居易说："刺史来杭州，实实在在为这里的百姓做几件事。"

云海法师的话似乎是西湖上荡漾的一阵风，吹去了白居易多年积在心头的雾霾，也把他来杭州后郁悒心境一扫而光。

白居易立即着手筑堤保湖、疏井浚湖、开渠引水、植柳栽竹。在离杭时还把自己俸禄的大部分留存官库，作为疏浚西湖的固定基金。嗣后沿袭成为一种制度，一直持续五十年之久。

白居易在杭州任职三年，其实掐头去尾只待了二十个月，却为杭州人扎扎实实做了几件事。杭州人至今念念不忘。为了纪念这位刺史，当地人把杭州城西南通往孤山的白沙堤改名为"白公堤"即现在的"白堤"。

白居易一生为官，许多史籍上只记寥寥几句。只有杭州任上事，记载多笔。民间亦有传说故事，口口相传到今天。

白居易从杭州再转任苏州刺史，后来又在多地任职。多少年过去了，白居易念念不忘长庆二年（822年）的秋天，在灵隐寺的那次午茶。他感叹："那天的午茶喝得真好哇！"

41 张王乐府

在唐代,王建和张籍齐名。同为乐府诗人,世称"张王乐府"。

两位诗人在魏州拜师学诗,王建小张籍两岁,称张籍为师兄。

师父姓施,名圣杰,是一位既严厉又温和的人。世间的事情真是奇怪,施圣杰教出两个大诗人,自己却在史上连名字都没有留下来。

那一年春天,魏州的牡丹花开得很好。师父施圣杰带着王建、张籍一起游西郊的鼎景园。这里牡丹花蓬勃烂漫,三个人的心情都很好,讲了许多与牡丹有关的故事,也做了几首小诗。这样中午就到了，师父说："今天高兴，咱们寻一雅静处，小酌一杯。"

三个人来到园外一家小酒肆，坐下来喝酒。他们酒量都不大，说是喝酒，不过是借酒说说话而已。他们要了一小壶酒，几样小菜。王建先给师父满一杯酒，再给师兄张籍满一杯："请师父，师兄慢饮。"

张籍说："你怎么不喝？"说着给王建面前的杯子里满了一杯酒。

不知道为什么王建只要喝一点酒，就满脸通红，很难看。他说："师父、师兄喝吧，我不胜酒力，就用清茶陪你们吧。"

师父倒没有说什么，一点一点地喝。师兄却不高兴，一杯一杯地往嘴里灌，倒把自己喝成一个关公脸。

晚上，张籍说："今天中午你让师父很没面子。"

王建说："我不能喝酒，这与师父的面子有什么关系呢？"

张籍见王建不听劝，也生气，扭过脸睡觉了。

王建、张籍做事都是认真的人，特别是在诗文上,较起真来都不顾及面子。不久，他们又一次争执起来了。

原因是，他们要离开魏州了，走前各给师父写一首诗，张籍写的是"魏山苍苍，江水泱泱。先生之德，山高水长。"王建看过后品评说："魏山、江水，倒也写出了境界，气势也够。而下面用一个'德'字接它，似乎显得局促。"

张籍不服气，说："我觉得'德'字用得好。用这个字接魏山、江水，比喻师父的贤德就像高山似流水，怎么就不妥？"

又是一阵口水战。师父只好出来制止。他说："你们的诗我都看了，是临别赠诗，无非是给我戴高帽子。这些且不论，单从诗的用字承接上来讲，我倒是赞同仲初（王建字）的意见。将'德'字换成'风'字。"先生之风，山高水长。"这样山、水、风气脉就贯通了，其意境更旷远一些。

王建听了抚掌。张籍反复吟哦，也觉得改得妙。

历史有时候就是那么巧合，两个著名大诗人，在魏州一个师门里走出来，尽管二人性格迥异，但是在孝德修为方面却有着惊人的相似。

王建家贫，母亲含辛茹苦地养育他们几个兄弟。王建孝顺，八岁开始就给母亲梳头。他把母亲的一头秀发梳成灰发，又把灰发梳成白发。他常常梳着母亲的白发，一边梳头，一边流泪。后来母亲的头发渐渐稀疏了，王建在梳头时越发认真细心，就怕梳掉一根头发。不小心梳掉一根头发就难受半天。母亲看出来了，就安慰他："树要落叶，人要掉发，难过什么呢。"

张籍也有类似的故事。他对父亲的照顾是无微不至的。夏天，天热，晚上睡觉前，他都要给用凉水冲刷父亲的草席，然后铺上棉布单请父亲躺下，再用蒲扇一直把父亲扇到入睡，他才去歇息。冬天，天冷，晚上睡觉前，他把火盆端到父亲脚下，暖屋，暖被，等到屋暖被热再请父亲休息。四十多岁时，他已经是朝廷的水部员外郎了。这些事他还是细心地去做。父亲说："籍儿啊，你已经是年近半百岁之人了，又是朝廷命官，这些事就让别人来做吧。"张籍说："伺候父亲是儿子是事情，哪由他人来插手啊。"

王建、张籍在行孝道、做人上太相似了。可是这对禀性、德能相似的人，偏偏针锋相对，什么事都要争论不休，又彼此离不开。

他们离开魏州后，书信往来不断。有问候，有关切，有争论，有辩驳。只是在书面上，没有面对面那样面红耳赤而已。

不久，王建从军远征去了。而张籍做了太常寺太祝，一个掌管寺庙祭祀、祝词祈祷的小官。

这天，张籍收到王建的来信。没有多少问候，便劈头盖脸批评刚刚上任的太祝的张籍："在国家需要的时候，男儿当拼杀沙场，戍边保民。兄却走进寺院，躲进禅房，侍佛诵经，在晨钟暮鼓里沉迷……"

张籍不待读完，便扔下信笺，提笔写道："沙场拼杀，终是血肉横飞。我佛慈悲，侍佛诵经，参禅悟道，普度众生。让世人多仁慈，少悲哀，多行善，少恶行，多公义，少自欲。让佛心济世安民，不亦乐乎！"

张籍把信发走后，还愤愤不平："哎，我这个师弟真是不可理喻。"

王建、张籍这样争吵、争论了一辈子，他们的友谊也持续了一生。譬如，张籍在太常寺做太祝的时候害眼疾，王建就从边关寄来各种偏方草药。张籍则给他寄去马鞍、军靴。

细说起来，王建、张籍的争吵、争论都是诗文上和一些生活方式的争论，并没有品德、人格上的分歧。不过是两个人的一种戏谑逗闷子，只是太认真较劲罢了。

大和四年（830年），在光州任上的王建接到师兄张籍辞世的消息，当场晕死过去。他要痛悼师兄、朋友、诗友的张籍。可是一篇悼文他写写停停，难过得整整用了两个月时间才草写完。

两年后，王建也去世了。

王建、张籍官做得都不大，诗却写了不少。共同完成了"张王乐府"的重要诗篇。二人诗篇从内容到形式都比较相似。他们用素描手法，用通俗浅近质朴的诗文反映劳动人民的血泪生活，抒发底层百姓的情感和愿望。

他们做了什么官？有什么政绩和荣耀？古人今人谁都不大记得了，倒是两位诗人的诗篇千古流芳。

42　兴衰在于臣

史籍上说，权德舆自幼聪明好学，四岁能为诗，十五岁有文章数百篇。他是唐朝少数没有经过科考做官的人。先是在地方做书郎、参军。在三十岁那年入朝为太常博士。这是一个品级不高的学官。不知道为什么，宰相陆贽很喜欢这个小官。

陆贽曾为唐德宗李适的谋臣，在叛将几度逼皇上出长安时。曾经献计定策，为德宗朝廷换来一时安宁。于是被德宗看中，任为宰相。

一天，相府的差官来权德舆家。他送来一柄短剑，不足二尺。剑把上镶着宝石，鞘口鞘尾上都包银，很精美。

差官说："这是陆相送您的。"

这使权德舆想起两天前朝会上的事。裴延龄刚刚就任户部尚书，就以国库"左藏"多年来资产不清为由，分设财库，分立账户。还巧立名目，列出库房分设为负库、胜库、季库、月库。对分库、分账有大臣提出异议，认为繁杂。而官职低微的权德舆一针见血地指出："账目如一棵树，树有根、有干、有枝，枝干一定要与根须相连。这样出现问题，枝连着干，干连着根，哪一处有问题，上下都有牵连，一查便查出症结所在。如裴尚书所设多账目、多库藏，无疑会出现混杂与漏洞。这势必造成国家财务的浪费丢失，甚至为一些私欲贪占者中饱私囊一个机会。多账目、多库藏不可取。"

在权德舆陈述时，他注意到宰相陆贽的眼睛一直注视着自己。今天宰相赠送宝剑，是在奖赏他吗？

差官说："宰相非常赏识太常博士的才干啊。"

裴延龄使出各种花样，让德宗有使不完的钱。多设国库后，他对德宗说："通过查账查库发现有二十万贯钱没有入账，我把这笔钱存在另一个钱库里，以供皇上随时取用。"又没几天，他对德宗说："朝廷仓库收藏的钱物多有失落，最近我在粪土中拾银、丝绸、玉器百万件。臣将这些物品另存一库，好由皇上支用啊。"

德宗很是赏识裴延龄，说他启用了一位旷世经济奇才。这样一来，一些言官就不敢对裴延龄说是道非了。

德宗挥霍着裴延龄蒙诈巧取来的钱，欣赏着裴延龄的才华，也为自己知人善任的治国之道自鸣得意。无奈的宰相陆贽等待着裴延龄彻底露出尾巴的那一天，等着这一天的还有太常博士权德舆。

德宗想修神龙寺，需要一批五十尺松木。裴延龄说："我最近去过同州的一个山谷，那里有千株八十尺的松林，可派工去砍伐嘛。"

德宗惊讶地问："近百多里地成才的松林都被先皇大兴土建用没了，同州山谷里怎么还有高大的松木呢？"

巧言令色的裴延龄笑了笑说："皇上，我听说贤才、珍宝、异物，只有国君圣明时期才会出现。如今这批树木长在京师附近，正是因为陛下圣明。开元、天宝时期怎么会有呢？"

陆贽实在是听不下去了，反驳说："十年树木，百年树人。一般杨柳树都一二十年才长成。松柏都在百八十年才成材。裴尚书的话似乎是儿戏嘛。"

这是真话，可是德宗不愿意听。他说："世上奇异事常有。我朝顺应天意，上苍赐朕一个奇迹不好吗？"

德宗已不悦陆贽，裴延龄是看在眼里的。他时常在德宗耳边说几句陆贽的坏话。时间久了。德宗更不耐烦，就夺去陆贽的相位，降职忠州去了。

陆贽上路，只有权德舆一个人相送。权德舆说："您不留下几句话吗？"

陆贽说："奸臣当道是因为统治者私欲附体。所以清君侧易，清君私欲难啊。慢慢来吧。"

陆贽满怀悲愤和无奈地走了。

裴延龄接替相位，继续巧言令色糊弄德宗，把国家弄得乱七八糟。好在没有几年，这个奸佞就死了。裴延龄一死，他的谎言、恶迹一一暴露在阳光之下。其乱政祸国的恶果尽显。这时候，德宗时时想起"鸿篇巨谏"让自己不舒服的宰相陆贽，想请他返朝。可是一心编录"古方名方"的陆贽已经没有了当年"天下为己任"的心情，却给皇上推荐了一个贤能。

这个人就是权德舆。

这时候关东、淮南、浙西多地发生水灾，毁坏大量民房良田，灾民流离失所。朝廷拿不出一点钱来赈济，地方上就混乱起来。德宗急了眼，向群臣讨计。刚刚出任吏部侍郎的权德舆站出来说："皇上应该派能干的使臣赶赴灾区。赋取于人，不若藏于人之固也。迅速救灾民于水火。"这个提议果然有效，灾民得到安抚安置，局势很快就安定下来了。

德宗看出权德舆的才干，让他转任兵、户、吏三曹侍郎。权德舆认为："国之兴衰在于臣。臣贤能，国家就强。于是举贤任能。凡举士于公者，其言可信。不以其布衣不用；既不可信，虽大官势人交言，一不以缀意。"

元和八年（813年），权德舆晋升相位。

权相不怕天灾，却怕人祸。最怕朝廷再出现像裴延龄这样的佞臣啊！

43　韩　愈

唐朝诗人中做官的人不少，做大官的不多,韩愈算一个，做到御史大夫，帮助皇上管理监察百官,等着宰相缺位时待补相位。

韩愈参加两次科考。主考官是陆贽，反复看过韩愈的答卷，拍案叫绝："好文章，差一点埋没人才啊。"

宰相陆贽把韩愈举荐给皇上，皇上让韩愈做了监察御史。这时候长安周边几县大灾，民已穷极，官家还横征暴敛。韩愈就写了《御史台上论天旱人饥状》报朝廷，请求为灾民减免租税。这事惹得皇上很不高兴："几县有灾，朕知道的，可哪有什么横征暴敛的事啊，他是指责朕施暴政吗？"

韩愈被贬谪，到阳山做县令去了。

皇上也是看中韩愈的才气，一年后又召他回长安，任国子博士。

这时候宰相陆贽就劝韩愈，说官场上的事是不能随便说话的，更不能随意上奏章。陆贽还送韩愈一幅字"缄默"。韩愈答应宰相，一定不再乱讲。

陆贽还是不放心，果然又出事了。

这年正月，唐宪宗为了祈求长寿，从法门寺请来一节指骨。据说是释迦牟尼的遗骨。这节佛骨供在皇宫，也在京城掀起迎拜佛骨的热潮。韩愈看到这些乱象，又给皇上写了一份奏章《论佛骨表》说：古代没有佛教的时候，许多帝王都长命百岁。自打汉明帝时佛教传入中国，信佛的皇帝命都不长，而且国家接连出现动乱。

唐宪宗看完奏章，勃然大怒："韩愈好大胆，咒朕早死，我要把他斩首。"

大臣们纷纷为韩愈求情，宰相陆贽也是惜他是个人才，更是迎合为韩愈求情的大臣们，想赢得他们的好感，增加自己的人脉与威望，便去求唐宪宗说："皇上，这韩愈出言不逊，冒犯圣上着实可恨。可是皇上没看出来吗？他是个心口一致的人。朝里多是口是心非的人，留他做个直言进谏的人不好吗？"

唐宪宗答应不杀韩愈，贬他去做潮州刺史。

一天，陆贽对唐宪宗说："想不想知道韩愈对皇上您是怎样的忠诚吗？"

"当然想知道。可是朕怎么能看出他那颗心是红的，还是白的呢？"

陆贽看左右没有人，便小声在皇上耳边嘀咕了几句，唐宪宗听后笑了。

韩愈一到潮州就发现，这是个蛮荒之地，恶山恶水恶环境，贫困穷极的人结伴搭伙做劫盗。山里还有成群结队的匪人，弄得民不聊生。韩愈就上书朝廷，说要动用地方财政，安抚百姓，让盗贼重回家园，重振农工商，还百姓一个安宁富足的新潮州。

师爷一看奏章就慌了："大人，此奏章万万不可上报。您贬谪任用，皇上会疑你与盗贼同谋。再者，历任刺史为清剿匪盗，年年从朝廷那里拨款，都尽数挥霍。您再说整肃治安，安民乐业，那不等于揭历任刺史的疮疤吗？那些人或为京城重臣，或为一方大员，哪个都不好惹呀。"

韩愈一脸正色道："我是朝廷命官，吃着朝廷的俸禄，当为皇上管好这个地方。再则，我为潮州百姓的父母官，就该为他们当好这个家。大唐基业重于泰山。民是朝廷的支柱，民乱，支柱就烂。个人荣辱得失岂能与江山社稷比，师爷难道不懂得这个道理吗？"

师爷拊掌笑应："好，好哇！"

韩愈的奏章很快便呈到唐宪宗手里。比奏章来得更快的是朝廷的耳目将韩愈对师爷讲的那番话，一字不落地报到了唐宪宗那里。

唐宪宗被韩愈的一片忠心所感动，对陆贽说："韩刺史真是一位忠贞之士啊。宰相好眼力，把这样一个忠良举荐给朕，谢谢你呀。"

陆贽很是自负地一笑。

唐宪宗接着问："陆相，你说说，什么时候把韩愈调进京，安排一个什么官好呢？"

这时候陆贽的心里有些醋意，话变得酸溜溜的："韩刺史正在潮州替皇上治理那个地方，让他在那边多历练一下才好哇。"

说过这个话不久，陆贽因与户部侍郎裴延龄有争执，皇上偏袒裴延龄，陆贽失意被贬去了忠州。

这时，韩愈重回京城做国子祭酒、兵部侍郎、御史大夫，替唐宪宗管理监察百官。

陆贽不由得感叹："还是韩愈会做人做事做官啊！"

韩愈不仅是一位好官，还是一位很优秀的诗人，是唐代古文运动的积极倡导实践者。政余写下许多诗文，被后人尊为"唐宋八大家"之首，与柳宗元并称"韩柳"，其诗文名满天下。

天下人都知道有个伟大的诗人，叫韩愈。有几个人知道那个做监察御史的大官啊？

44　吟诗观稼台

李绅，只写了两首"悯农"诗，就被誉为"悯农诗人"。

李绅出生于湖州乌程县，其父是乌程县令。李绅六岁那年，父亲就去世了。母亲含辛茹苦抚养他，教以经义，十五岁时读书于惠山。因为李绅时常帮助母亲做些农事，耽搁学业，直到二十七岁才考中进士。皇帝见李绅才学出众，就命他做了翰林院学士。

一天，宫里的闫公公来了，说是皇上要召他进宫。李绅问闫公公："皇上召我进宫什么事啊？"

"不知道。"闫公笑了，笑得很不自然。

李绅换了朝服，准备上轿，闫公公忽然说："皇上召李学士进宫，八成是为两首'悯农'的诗吧。"

"两首'悯农'的诗?"

李绅忽然想起两个月前，登观稼台写了两首诗，脑子"嗡"的一下，身上的汗就出来了。 两个月前，李绅返乡探亲。路上巧遇回朝奉事的同榜进士又是好友的李逢吉。朋友久别重逢，便要叙旧游玩。他们听说，三国曹操推行屯田制时的观稼台就在附近，便去登台观瞻。来到观稼台前，一道石阶通到台顶上。二人沿着石阶登上高高的观稼台，田陌、河渠一览眼底，一望无际。台上清风习习，把登台的一身汗吹干，舒爽多了。李逢吉感慨万千，吟诗一首："……何得千里朝野路,累年迁任如登台。"李绅明白，这是诗友李逢吉感叹，若是晋升能像登台这样该多好啊。

同样的景色，李绅竟与李逢吉有着截然不同的感受。他抬头望一眼炎炎烈日，低头看一眼观稼台下顶着烈日劳作的农人，随口吟道："锄禾日当午，汗滴禾下土。谁知盘中餐，粒粒皆辛苦。"

李逢吉听了，拊掌称赞："好，好诗。一粥一饭当为珍惜呀。"

李绅长叹一声，接着又吟："春种一粒粟，秋收万颗子。四海无闲田，农夫犹饿死。" 李逢吉一愣，随即又一笑："兄台的两首诗当为佳品，可否抄录赠我，也不枉你我同登观稼台呀。"

李绅说："小诗不过三四十字，为兄已然听过，自然记得。若一定落笔，不如另写一首存念，可好？"

"甚好，甚好。"李逢吉高兴得手舞足蹈。

二人下了观稼台，走进一家路边小店歇脚。李逢吉叫店家找来笔墨，请李绅动笔。李绅略一沉思，写下："垄上扶犁儿，手种腹长饥。窗下抛梭女，手织身无衣。我愿燕赵姝，化为嫫女姿。一笑不值钱，自然家国肥。"

李绅写好，拿给李逢吉："随便涂鸦，老兄雅正。"

"兄台大作，乃传世尔，岂敢动毫发。"李逢吉谢过李绅，收起诗稿。

……

李绅疑惑，难道我的几笔涂鸦传到皇上那里了？那可是针砭时弊的讽诗。大祸临头啦。 到了宫门下轿，闫公公扯住李绅的衣角，小声安慰说："李学士不必担忧，若是有麻烦，请你的就不是我了，而是刑部的人啊。"

闫公公引李绅到皇上的书房，喊一声："李学士到。"就把脚步停在门面。

李绅战战兢兢走进去，跪下："臣拜见皇上。"

武宗拿起案上诗稿，说："李学士的诗文锋芒啊。"

李绅吓得几乎晕厥，结结巴巴地说："歪……歪诗，一片胡言乱语。"

武宗说："好诗，好诗嘛，好在切中要害。朕久居高堂，忘却民情。卿的诗作，提醒了朕，朕当爱惜民力。民富则国强，民意乃为国运。民不聊生，哪里有大唐的鼎盛啊。"

"谢，皇上。"李绅这才看出，武宗在真心夸赞他呢。一身冷汗才开始褪去。

武宗说："爱卿忧国忧民，就到朕的身边来，做个尚书右仆射，好共商朝事啊。"

"谢皇上。"李绅叩头，退出书房。

一直候在门外的闫公公，一定是听到书房里武宗和李绅的谈话。这时候一脸堆笑地对李绅说："真为尚书大人高兴啊，此刻大人已然知道事情的缘由了吧。不知道大人该是去责骂你那朋友呢，还是拜谢他呢？"

李绅想了想说："当为拜谢才好哇。"

闫公公伸出拇指，再不说话，一直把李绅送出宫门。

第二天，新上任的尚书右仆射李绅坐着轿车来到李逢吉家，送来两瓮佳酿。

李绅说："李兄，你把我的小诗荐与皇上，举荐我做了尚书右仆射，我拜谢你来啦。"

李逢吉脸一红："李兄，本该是我前去祝贺兄台荣升尚书右仆射，到皇上身边做大事啦。"

没过几天，李逢吉调任云南观察使。官降不说，又到很边远的地方去了。

来到皇上身边的李绅，步步高升，没有多久就高居宰相位。

这时，李逢吉把李绅的两首"悯诗"作为"反诗"报给武宗，借此邀功请赏、升官发财的旧事传扬开来了，也传到李绅的耳朵里。一天退朝，李绅拦住闫公公，悄悄说："有传言说有个叫李逢吉的人，将我'悯农'两首诗作为'反诗'报给皇上，有这样的事吗？我怎么不知道呢？那个叫李逢吉的是什么人？我不记得有这样一个人啊。"

察言观色的闫公公眯了眼笑着说："捕风捉影，哪里有这样的荒唐事啊。那个李逢吉，我从未听说过。他、他是谁呀？"

在朝野上下，在皇上那里再没有人说起李逢吉。

远在云南边陲的李逢吉，再没回京。

45 诗书名节

　　贾岛的性格有点孤傲，不喜欢结交。却也有朋友，但多半是诗友。

　　春天来了，自然是诗友们踏春的日子。这天下午,贾岛约好几位诗友到青龙寺游玩。他在约定时间的前一刻来到寺院门前，见诗友们还没有来，就在寺门外一张石凳上坐下来，翻出诗稿，一边阅览修改，一边等着诗友们的到来。

　　慢慢地，他有了倦意，迷迷糊糊地睡过去了。忽然觉得有人从他手里抽走了诗稿。睁开眼睛一看，是一位穿着鲜亮的公子，人也长得很体面。那人一边看他，一边读他的诗。贾岛十分珍惜自己的诗作，不轻易让别人翻动。他看一眼眼前的人，从他手中夺回诗稿。那人想说什么，被站在一旁的另两个人拦住，便冷冷看了一眼贾岛，走了。

万万想不到，翻看诗稿的人，竟然是当朝宣宗皇帝李忱。

宣宗素有微服私访的习惯。这天和身边的两个侍卫换下朝服，走进民间，想不到在青龙寺见到熟睡的贾岛。好奇地上前翻看他的诗稿，竟弄得不痛快。宣宗记住了诗人的名字——贾岛。

一天，宣宗为拟一份诏令，找来中书舍人韩愈。正事办完后，宣宗问："中书大人，你是我朝的大诗人，可认识一个叫贾岛的诗人？"

"认识啊。"韩愈回答，"皇上怎么忽然问起这个人？"

宣宗就把前几天在青龙寺翻看贾岛诗稿的事情说了一遍。韩愈一听便呵呵笑了。

宣宗问："中书大人笑什么？"

韩愈说："我也是一年前才认识贾岛的，他是个很有趣的诗人。臣与他相遇也极具戏剧性。"宣宗来了兴致，要韩愈说说他们是怎么相识的。

韩愈说："那是去年，也是春上。我从龙泉寺进香回来，仪仗正在前面开道，忽见一个人骑在驴背上，一手拿诗稿，一手反复做推、敲的动作，嘴里还不停地吟哦，路上的行人车马都对其避让。他全然不理会，骑着驴直接闯进我的仪仗队里，被差人拿下推到我面前。"

我停下轿问道："什么人敢闯我的仪仗？"

骑驴人这才从驴背上下来，竟将他的诗念给我听，说："鸟宿池边树，僧敲月下门。先生您说诗中的'敲'字用得可否，若是改用'推'字，您看如何？"

韩愈觉得此人写诗真是入迷，刚才的一丝不快就淡了。他接过诗稿反复吟哦便说："我看还用'敲'字好。夜间门都是关着的，怎么能推开呢？再者，夜半推门也失礼呀。而一个'敲'字，在静夜更深多了几分声响。静中有动，诗意不是更浓了吗？"

诗人听了连连点头，这才看到为他"推敲"的人竟然是朝廷命官，便很认真地道过歉走了。

贾岛就是这样一个人啊。

宣宗听了也哈哈大笑："为一诗反复推敲，是个严谨的人啊。他做事一定一丝不苟，可委他个官职嘛。"

韩愈没说什么，他觉得贾岛还是一心一意写诗的好。

韩愈和贾岛自"推敲"之事后，两个人便以诗文相交。前些天，有人送韩愈两坛绍兴黄酒，他让人拎到贾岛家。贾岛的宿居太简陋了，书案上笔砚纸砚却摆放得很整齐，一摞诗稿也整整齐齐地码在桌角。韩愈拿起一页诗稿，也不由自主地拿起一管笔——这是他的一种习惯，是多年为官批阅文牍养成的。贾岛看到韩愈手里的笔，便说："中书大人，与我讨论诗文我是高兴的，却不喜欢有人在我的诗稿上染留墨迹呀。"

韩愈多少有些尴尬，却没有说什么。放下诗稿，也放下笔，坐到贾岛的床上。觉得床上铺得很薄，一看板床上是一张薄薄的褥子。再看被子，又薄又旧，便叹一口气。

第二天，韩愈就差人送来一床被褥。

冬天到了，韩愈再一次登门，看到贾岛的床上仍是那套旧被褥，感到很奇怪，问："浪仙（贾岛字），我送你的被褥呢？"

贾岛嘿嘿一笑："我送寺院里的僧兄了。"

贾岛就是这样一个人，热心、助人、清贫、乐道的一位"苦吟诗人"。

已过中年的贾岛被韩愈安排到长江县，做了一名主簿。这是县衙里的事务官。由于有中书大人的关照，县令钱澍对贾岛有些关照。这样的事务官做得很是轻松，于是就有许多时间会友作诗了。

这年的春节一过，贾岛就写信给诗友孟郊，说长江三月的高峰山，人在画中游，云在脚下悠，要求诗友来长江。

三月，孟郊来游山了。这让贾岛很高兴，天天陪着游长江的山水。县令钱澍听说来了大诗人孟郊，也三番五次宴请孟郊，作陪的自然有主簿贾岛。

这天，钱澍又请孟郊喝酒，贾岛因事没有去。孟郊一个人赴宴去了。回来从怀里掏出钱交给贾岛，说川地雨多，夏天就要来了，修缮一下你的房子吧。

贾岛问："哪里来的钱？"

孟郊说："县令送我的。"接着把县令送钱的事缘由告诉贾岛。原来县令也是受人托付，请孟郊写个短文，镌刻在那人私家花园的一块景石上。

贾岛问："求字的人是谁？"

孟郊答："黄吉人。"

"哦。"贾岛怔了一下，"是黄大财主啊。半年前他就找我要字。那时若是写了，这钱早到我手里了。"

孟郊一愣，问其中缘由。贾岛告诉说："这个黄吉人在乡下有良田，城里有商铺，肥得流油，也风雅起来，在城里置宅、娶妾，还买下一处园子。不知从哪里弄一块石头立在园门里，想在石上镌刻一段文字。四处求名家墨宝，皆因黄某名声不佳，没人给他写。"

"啊呀呀，"孟郊急了，"他人怕失名节不写，我又怎么去写哪！"

贾岛哂笑："吃人嘴软，拿人手短。东野（孟郊字）兄那就写吧。"

与贾岛性情相似的孟郊，怎么会失这个名节呢。他决定将钱退回去。

当然，钱还是由贾岛退还给钱县令的。为此，孟郊很是感激这位贾岛。

贾岛做人朴直，作诗苦吟，为诗艺洒尽心血，在唐朝诗人中很有影响。《唐才子传》里写贾岛"所交悉尘外之士"。他就是这样一个严谨而审慎、干干净净的诗人啊。

46 半癫诗人

那年，张祜参加考试。在发榜的日子，他高高兴兴去看红榜。榜上却没有他的名字,心里就凉了。当他看到白居易的名字时，竟手舞足蹈起来。他说，败在白居易之手，不仅服气，还觉得与"才识兼茂，明与体用"的白居士同科考试感到很自豪！

可是，当他看到榜上还有元稹的名字后，很不高兴。这个家伙怎么鱼目混珠，混到榜上去了呢？张祜很不屑，愤愤地离去。

张祜在唐朝诗人里算是一位卓越的诗人，他一生创作数百首诗。白居易喜欢他的诗，特别是他的《观猎诗》。

张祜写《宫词二首》，其中"故国三千里，深宫二十年。一声何满子，双泪落君前。"的诗句名扬天下，还传进煌煌的宫殿里，连皇上都知道了。一天，皇上在御花园里见到翰林院承旨元稹，问："有个叫张祜的诗人，承旨应该是认识的吧？"

"哦，皇上说的是张公子啊。"嫉贤妒能的元稹轻蔑地一笑，"这个人狂放、浪散，是诗坛一个怪人哩。"

"是吗？"皇上说，"听说诗写得不错。若真是这样，朕应该恩赏他些什么？"

元稹怪模怪样地说："张祜的诗奇技淫巧，大丈夫是不会这样写诗的。如果皇上奖赏他太多，怕是要影响陛下的风俗教化啊。"

不知道是不是元稹的这些话，让皇上改变了主意，皇上没有恩赏张祜。

张祜一生未沾皇家寸禄，却结交了很多朋友，诗酒会友，酬酢往来。

白居易说张祜性格怪异是有道理的。他在官场、在诗人那里清高得很，可是在农人、樵夫、匠工、叫卖人那里，如同他们中的一员，嬉笑怒骂，混成一片。

张祜还义气、豪侠、对人毫无设防。

史上记载着这样一个故事。

一天夜里，忽然有人敲门。张祜开门一看，见是一位佩剑的武士，手上拎着一个皮囊。来人问道："这可是张侠士府上吗？"张祜说是，那人便揖拜。张祜仔细看觉得客人气度不凡，便请进屋里。侠客快人快语，进门就说："小的有一个仇人，十多年间隐匿于江湖。我转辗寻找，今天总算找到，大仇得报。"说着把皮囊"嗵"地扔在脚下。

张祜很佩服这个敢作敢为的汉子，立即吩咐家人上菜上酒，两个人喝起酒来。酒过三巡，来人说："素闻张先生任侠尚义，豪迈义气。今日一见，名不虚传啊。"

张祜一脸通红，觉得武士的话很是顺耳，嘴上却说："一个闲云野鹤，闲居乡野，哪里有多少豪迈啊。"

"不瞒张侠士，今夜登门实有一事相求，只是不知先生可否帮忙啊？"来人两只眼睛红红地看着张祜。

张祜一拍胸脯道："只要我能办到的事，绝不推诿。兄弟你说，要我做什么？"

来人为张祜满一杯酒："我想，我是不会看错人的。先生果然重义气。"接着他说："在此地三里远的地方，有一位义士，曾经施恩于我。兄弟我一刻不敢忘怀，刚才与先生喝酒，一下子想起恩人。先生若能借我一些钱，待我前去酬谢那人，对平生的恩仇做个了结，再回来你我兄弟痛饮一番可好？"

张祜一听，拍案叫好。把家中的存钱悉数拿出来送给来客。还说："兄弟快去快归，回来一醉方休。"

"张先生，您稍等，不消半个时辰，兄弟一定回来，咱们再接着痛饮。"说着兜起钱便出门走了。

张祜一直等到天明，也不见那人回来。他还是不怀疑这人是骗子。只是觉得皮囊被人发现会是个麻烦。于是让家人在后院挖坑掩埋。当张先生打开皮囊一看，不觉倒吸一口气——原来皮囊里装得竟是一颗猪头。

张先生受了骗也不恼，也不去报官，还不接受教训，照样结交朋友。

张祜晚年到淮南乡下，真的去做闲云野鹤了。

若干年后，一个年末。白居易来到淮南乡下，一进村，遇到一位老翁，问："老伯，有一个写诗的人，叫张祜，可在村子里？"

老翁说："啊，那个半癫人啊，在、在。今天他家正宰杀年猪。老汉我就去他家割几斤肉过年呢。"

白居易随老翁来到一处柴门外，只见院子里五六个男人，手里拿着棍棒、绳子，正围追堵截一头猪。那猪壮如牛犊，横冲直撞，将一个汉子四脚八叉撞翻在地上。引来满院子嬉笑。

老翁拉住白居易的衣角，说："客官，您还认出哪个是您找的那位诗友啊？"

白居易还真认不出哪个是张祜了。倒是那个被撞倒在地上的人看见他，急忙站起来说："啊呀呀，是乐天（白居易字）啊，见笑，见笑喽。"

白居易这才认出一身布衣、脚上穿着一双草鞋的张祜，便捻着胡子，吟了一首打油诗："张家喂猪壮如牛，撞倒承吉满脸羞（承吉张祜字）。"

　　张祜就是这样一个人。他的另一个朋友杜牧评价他："平凡而又独特，畅意而又痛苦。受盛誉而又曾遭诋毁，名声大噪而又终身埋没。"

　　隐居以终的张祜，如果活着听到这样的评价，一定又手舞足蹈癫舞起来："自在，畅快，人一生为自己活着该是多大的幸事啊！"

47　残　瓦

　　许浑是个很善良，又非常聪明的人。

　　许浑家境贫困，从小断断续续地读书，因此屡试不中,直到四十一岁才考中进士。中年的许浑已经没有了年轻时候的锐气，在做了一些年睦州、郢州刺史，又在朝中任过几年虞部员外郎、监察御史后，厌倦官场，加上身有疾，便辞官到润州丁卯村安居。

　　许浑一家来到丁卯村，租居村中一处院子。在院子周边植树，开菜园子，也耕种一些五谷，日子过得很清静安闲。

　　许浑每天早晨或在晚上，都要在村街上走一走。渐渐大家就认识这个一缕银须的和蔼老人了。

一天早上，许浑走到村外，沿着一条小道走进一片果园。果树上还挂着星星点点没有摘下来的果子，散发出的果香在晨风里异常香浓。

这时候，身后传来一声吼："什么人？"只见一位老人手握杆棒奔了过来了。待两个人相近，老人认出对面是来村里刚半年的许老爷，便不好意思地收起手里的杆棒说："啊，是许老爷呀，老汉还以为是……"

"还以为是偷果子的贼，是吧？"许浑笑笑说。

老人觉得不好意思："哎。人老了，眼神不济，错怪，错怪。"

两个老人席地而坐，说了一会儿闲话，老人问："老爷，村里人都说您是个好人，待人和气。是做过官的吧？"

许浑笑笑不答，老人也就不再问了。分手时，老人摘了一篮子秋梨硬要许浑带走。他推辞不过，谢过老人便拎上篮子走了。

后来，许浑常常来果园。知道老人有一个在润州县衙听差的儿子，还有一个刁蛮的儿媳妇。老人天天吃的是剩饭，常年居住在果园的茅草屋里，被褥又旧又单薄。

许浑很是同情老人，常常送一些吃的、喝的来。有时候还提来一壶酒，两个人对酌。每次老人都很开心。一次喝酒，许浑问："老哥，年纪越来越大了，搬到儿子家中住吧，早晚有个人照顾才好哇。"

老人的眼泪就流出来了，摇摇头说："搬不回去的，儿子懦弱，儿媳妇刁蛮又小气，就这样凑合着过吧。"

"我倒是有一个法子，准叫他们请您回去。想不想试一试？"

"哪里有这么好的法子，您说说看。"

许浑在老汉耳边一阵嘀咕，老人听过之后笑了。

这天，老人回到儿子家中，搬开井沿边的一块石头，用锹挖了几锹土，取出一物，匆匆包好后出院门走了。这些都被在屋内梳头的儿媳妇从镜子里看到了，她匆匆忙忙梳完头走出房子，悄悄跟随老人，想看个究竟。只见老人走进许浑的院子里，又被请进屋里。不一会儿，老人出来了，手里的布包没有了，又转到前街一家商铺。

儿媳妇觉得奇怪，待老人走出商铺远去了，她喜笑颜开地走进店铺，问："我家公公买走什么啦？"

伙计掰着手指头说："一斤糖，二斤酒，三斤果子，四斤……"

儿媳妇没有听完就气哼哼地走了。

过了几天，老人的儿子找到许浑，拐弯抹角地问，都没有问出什么。后来又问过几次，许浑装出很是为难的样子，说："你爹不让我说的。如果你不让你媳妇知道，我倒是想告诉你呢。"

老人的儿子急忙点头。然后许浑说："你爹存的传家宝，我已经替他存到当铺里去了。老人需要的吃喝费用，由我代他去取。"

儿子忙问："东西很值钱吧？"

"价值不菲。"许浑说，"你爹有话，待他仙逝，会有遗言留给你。别的话我实在不能告诉你，我是答应过你爹的。"

第二天，老人的儿子、儿媳妇就把老人从果园接回家里去了。

许浑常常将村里的孤寡老人接到家中款待，也时常接济那些贫家子弟去读书求学。因此许浑在村里极有人缘。

不久，朝廷让许浑出任润州司马，享受朝廷的一份月俸。

做了司马的许浑，公事应酬就多了些。一忙几年没有去看望那位在果园里认识的老友，正想着哪天去看望他的时候，却传来了他的死讯。许浑急忙去凭吊。老人的丧礼办得很隆重，村里几乎家家都来人凭吊。在丧宴上，乡邻们都夸赞老人的儿子、儿媳妇能尽孝道，说得夫妇俩都有些不好意思了。

丧宴罢，老人的儿子向许浑要父亲的遗嘱。许浑说："你爹的遗嘱，乡亲们不在宴上对你说过了吗？"

老人的儿子一愣："哪个说过呀，我怎么不知道？"

许浑说："那么多赞美你们夫妇敬孝老人的话，不是老人留给你们最好的遗嘱吗！"说着，许浑从衣袖里拿出一个布包，打开，里面包着一片残瓦。

老人的儿子说："这就是您说的价值不菲的传家宝？"

许浑反问："难道不是吗？你们因为这块残瓦才尽孝行孝，这样才获得了好名声。今后儿子娶亲，将来孙子成家，哪个不需要用你们家的好名声、好家风啊！"

许浑于丁卯村舍闲居，自编诗集《丁卯集》。收入他五百多首诗歌。许浑将一生的经历都写在了诗里。

48　鄙愿从师游

　　书生马戴，参加科考屡试不第。他自己都不清楚进过多少次考场了。

　　心灰意冷的马戴决心不再去科考，他身背褡裢，里面是一些钱和几件换洗衣裳，出门游历山水去了。他南至潇湘，北抵幽燕，西至忻陇。在长安及关中一带游历数月后，又前往西岳华山。

　　华山脚下古木葱茏，一条蜿蜒的小道把马戴引至一座小禅院。院门虚掩，他推开走进院子，只见一位老者在院中静坐诵经。见来人了便抬起头，看到天色已晚，就问："施主是来借宿的吧？"

马戴施过礼说："小生麻烦师父了。"

这是一个无名小禅院，一间佛堂，几间禅房。院里只有师徒几个人。师父六十多岁，几个徒儿都很年轻。

小禅院清洁而幽静。

马戴小住两日，不知怎么地，忽然又萌生再去科考的想法。他决定留在这里，想在这里多住一些日子，读书温习，便与师父说："您这里真清静，是个好读书的地方。小生想多住些日子。"

"好哇。"师父呵呵一笑，"只要不嫌我这里寒酸，住多少日都行啊。"

马戴就留住在禅院。每天读书温习，有时候还帮小徒弟挑水、扫院子，做一些杂事。读书累了，也没有什么杂事可做的时候，马戴就走出禅院四处看看。

一天，马戴沿着一条小溪慢慢走，走近一处水潭。潭不大，有鱼。岸上一个孩子在垂钓。一根鱼竿挑在水面上，一条线垂进水里，真是一幅诗情画意的水上垂钓图。马戴真想做一首诗或画一幅画。

马戴时常走到潭边，每次都见这个孩子在垂钓。有一次马戴问孩子："钓上来的鱼，食用？"

孩子说："喂猫。"

马戴又问："猫非食鱼不可？"

孩子说："猫不食鱼，会饿死的。"

马戴再问："你的猫活着，可是鱼却死了。难道为了猫就要鱼去死吗？"

孩子眨巴着一双大眼睛，想了一会儿说："水是来养鱼的，鱼是让猫吃的，猫吃了鱼去捉鼠……"

马戴琢磨孩子的话，觉得很有道理。农人种田，工匠做工，各有其职。那么读书人呢？不就是该去去科考吗？

这时候，孩子钓上一条鱼来，是条很的大鱼。

马戴在水边长大，也钓过鱼。他一看，这是一条将要产子的雌鱼。就和孩子商议："小兄弟，你这条鱼可卖与我否？"说着从袖子里掏出一些钱给孩子。

孩子不接钱，却把鱼从鱼钩上取下来递给马戴。马戴接过鱼就放进水中。孩子奇怪："您买鱼，却又放走。什么意思啊？"

马戴说："你没有看出来，这条鱼将要甩子吗？那是百千条生命，千百条鱼啊！"

孩子"噢"了一声："您说得对，今天放掉一条鱼，明年、后年就有千百条鱼，我就永远有鱼钓喽。"

孩子的鱼竿再一次伸出去，鱼漂在水面上悠悠飘着。这时候，那条放进水中的鱼，摆了摆尾，身后涌起一片银花，游走了。

"你看，鱼儿甩子了吧。"马戴指给孩子看。孩子很高兴：

"我的潭水里又有许多鱼喽！"

这天，马戴是和孩子一起离开水潭的，一个回家，一个回禅院。

晚餐时，师父特意给马戴烧了一条鱼，也加了两道菜。师父说："这是破戒，杀了这条鱼，专为你烧的。几个月没有荤腥，真是委屈你了。"

马戴："谢谢师父，劳烦您和小师父们了。"

"不谢。"师父摇摇头说，"来小庙有三个月了吧？该回去了。距明年春闱的日子已近，准备应试去吧。"

一说起科考，马戴脸上就起了一层阴云。

师父说："去吧，此番一定考中。"

"已经考过五六次了。"马戴叹息，"总是落榜……"

马戴沉默一会儿，忽然想起在潭边和垂钓孩子的一番对话，便对师父说："听您的，我再去应试。"

马戴十分感激师父的鼓励，感谢他对自己照护。晚上，便坐在灯下为师父作诗一首《赠禅僧》：

弟子人天遍，童年在沃洲。

开禅山木长，浣衲海沙秋。

振锡摇汀月，持瓶接瀑流。

赤城何日上，鄙愿从师游。

第二天早晨，马戴将诗作送给师父，背上褡裢，告别之后下山去了。

会昌四年（844年）春闱，马戴一试中第。转年到太原幕府任掌书记。后为龙阳尉、左大同军幕，官终太常博士。马戴无论官场得意，还是仕途失迷，他总会想华山脚下那座小禅院，想起那位师父，还有禅院附近的那泓潭水和在水旁垂钓的孩子。

这时候，他眼睛里总会流出两行泪来……

49　一种君子之风

温庭筠是个性格怪异的人。

温庭筠为唐初宰相温彦博的后裔，出身显赫，只是到了他这一辈就败落了。家学渊源的温庭筠还是想走科考这条路，可是多次应试都没有考中。直到大中九年（855年），他又去应试。这次应试由沈询主春闱。沈询在考场为温庭筠准备一顶帐帘，单请温庭筠一人在帐里应试答卷。

这是为什么呢？

因为温庭筠有"救数人"这么一个绰号。绰号来源是前几次科考，他竟然无视考场规矩，帮助左右考生做题解疑，一场科考被他搅成儿戏，弄得满城风雨。这次考试为防范温庭筠旧戏重演，特设帐帘，请他在里面做题。温庭筠因此又大闹起来，再一次扰乱了科场。这次考试，温庭筠自然是不中的了。

一些典籍上，说温庭筠行为放浪，恃才不羁。其诗辞藻华丽，浓艳精致，内容多写闺情。

读者诸君，对温庭筠有一个大体上的认识了吧？

接下来是温庭筠与一个叫鱼玄机的女子的故事。

鱼玄机，原名幼薇。七岁能作诗文，十岁时诗名远播，被誉为"诗童"。

温庭筠听说了"诗童"的事，很想见这个女孩子。

那是一个下午，温庭筠来到长安东街的一个小院，敲开门，迎出来一个婆婆，问："先生是谁啊？"

温庭筠报了名。老婆婆一怔，说："先生是找幼薇的吧？"

"正是。"温庭筠说了就要迈步进门，却被老婆婆拦住："小女不在家。"返身关住门，把个兴冲冲跑来的温庭筠拦在了院外。温庭筠并不恼，坐到门外的一块石头上。

其实，家里来人，在屋子里的幼薇是看见了的，也问过母亲。母亲说是个过路的，也就没在意。一个时辰过去了，见门外那人还坐在石头上，便又问母亲："那人怎么还坐在咱家门外？"母亲没有好气地说："甭理他。"这时候渐渐沥沥下起小雨来，那人移到一棵柳树下站着躲雨。幼薇实在不忍，要母亲去请他进屋来避雨。

母亲这才对幼薇说："你道那人是谁？"

"不是过路的吗？"

母亲说："他是温庭筠，来找你的。听说他名声不佳，被我拦在外面了。"

幼薇一听就急了，拿把伞就到院外把温庭筠迎进家门。老婆婆有些不好意思地说："不知是大名鼎鼎的诗人，休怪。"

幼薇翻出一身干净衣衫给先生换过，又捧来一碗热茶，说："不知先生找小女何事？"

温庭筠仔细端详，这女子果然如皇甫枚所言"色既倾城，思乃入神"。看得眼睛都呆了。直到幼薇让茶："请先生吃茶。"他才把眼睛从幼薇身上移开。呷一口茶说："闻小姐诗名，尤致意于一吟一咏，请小姐可否即兴赋诗一首。"

幼薇活泼灵秀，毫无扭捏："先生可给个题目？"

温庭筠想起来时路上柳絮飘飞、江风拂面的情景，说了三个字"江边柳"。

幼薇一手托腮，略作沉思，一行行诗句如水一样飞流在一张花笺上："翠色连荒岸，烟姿入远楼。影铺秋水面，花落钓人头。根老藏鱼窟，枝底系客舟；萧萧风雨夜，惊梦复添愁。"

温庭筠拊掌称赞。这个十几岁的女子竟有这般才情，诗文平仄音韵、意境诗情俱佳。若不是亲眼所见，真不敢相信是出自一个少年女子笔下。

后来，温庭筠就做了幼薇的老师，出入鱼家，指点幼薇写诗。他们既像师生，又像父女、朋友。

不久，温庭筠离开长安，到襄阳任职去了。

温庭筠走了几个月，就到了秋天。秋风落叶，幼薇思念恩师日甚，写了一首五言律诗《遥寄飞卿》：

> 阶砌乱蛩鸣，庭柯烟雾清。
> 月中邻乐响，楼上远山明。
> 枕簟凉风著，瑶琴寄恨生；
> 嵇君懒书札，底物慰秋情？

飞卿是温庭筠的字。

温庭筠读着幼薇寄来的诗札，眼睛就湿润了。他怎能不知道幼薇的心哪？她那火辣辣的眼睛，眼睛后面的那颗滚烫的心早就让他感觉到了。他是害怕被这颗心熔化了，才离开长安到襄阳来的呀。温庭筠摇摇头："幼薇呀，你太年轻啦，你还小啊。"

秋去冬来，幼薇一直得不到温庭筠的来信，她看着摇曳闪烁的灯花，忍不住再提笔写《冬夜寄温飞卿》："苦思搜诗灯下吟，不眠长夜怕寒衾。满庭木叶愁风起，透幌纱窗惜月沈。疏散未闲终遂愿，盛衰空见本来心。幽栖莫定梧桐处，暮雀啾啾空绕林。"幼薇的诗文里夹带的一颗少女的心，再一次飞往襄阳城。

温庭筠读罢幼薇的诗札，心如刀绞。想想自己长得被称为"温钟馗"的相貌，年龄又相差悬殊，怎么能让一个如花似玉的女子枯死在这个老枝上呢？

温庭筠还是没有回信给幼薇。

咸通元年（860年），温庭筠返回长安。几年不见，幼薇已经出落得亭亭玉立、明艳照人，愈发叫人怜爱心动。可是温庭筠把这颗怜香惜玉的心紧紧锁在道德和理智的笼子里。师徒二人，来往愈频，把酒临风，所谈的多是诗词歌赋、文辞义理。幼薇的诗词写得愈发娴熟。

幼薇是个聪明的女子。她看出了师父的心思，渐渐淡去了那份心思，反而对亦师亦友的温庭筠增添了更多的崇敬和爱戴。

咸通七年（866年），幼薇已经是个成熟女子了，诗名艳容闻名遐迩，慕名来访求婚的人越来越多。幼薇的一颗心全不在这里，心烦了，就去长安城外咸宜观出家做道人去了，取道名鱼玄机。

古籍里几乎所有介绍温庭筠的文字里都写他放浪形骸，行为无束。诗词多写女子闺情，且称艳华巧，为花间派诗人之首。这样一个人竟然能不动邪念，不做妄情，守住男女私欲的道德底线，着实令人赞叹。

已在朝廷里做翰林学士的沈询，听了温庭筠的事，"呵呵"一笑说："乃温庭筠作为也。也是一种君子之风啊！"

50　为薛大人让路

　　咸通十二年（871年），王铎以礼部尚书进同平章事任上晋升为宰相。王铎家立刻变得门庭若市，朝官一批又一批来拜望他。那些昔日的同窗、同事，更是争先恐后来致贺相庆。与王铎考取同科进士的沈询、刘瑑、杨收也都来了。

　　王铎问："你们都来了，薛逢怎么没有来呀？"

　　沈询站出来说："人是没有来，声音却来了。"说着手就伸进衣袖里。旁边站着的杨收拉了他的衣襟，想阻止。可是晚了，沈询已经从袖筒里掏出一笺纸来。

　　王铎很高兴："好哇，我们这位傲然凌空的同窗，也书信致贺我当宰相啦。快读给我听听。"

沈询便读到："昨日鸿毛万斤重，今朝山岳一尘轻。"

王铎一把夺过纸笺，撕个粉碎，气得脸色煞白。

大家都怨沈询不该读此诗文。还是杨收出来说话："薛逢就是这个个性，当年皇上拜我为宰相，他也赠我一诗。至今我还记得：'须知金印朝天客，同是沙堤避路人。威武偶时因端圣，应龙无水谩通神。'当时我也很生气，过后想想，也就不计较了。陶臣（薛逢字）就是那么一个人嘛。"

杨收此时说得轻松，当时却狠狠地报复了薛逢——逼着他离开京城，到很远很贫穷的逢州做刺史去了。

王铎自然也痛恨薛逢，在宰相任上一直压着薛逢。有人举荐薛逢做知制诰，这是一个替皇上草拟诏书的文官，王铎也出面阻止，对皇上说："薛逢这个人举止傲慢，言语激切，素无士行。"

薛逢的升迁一次又一次受阻，被弄得心灰意冷。

杨收应该算是一个称职的官吏，方于事上，帮助皇上做了不少事，也就一路官运亨通做了宰相。官一级一级地上升，欲望也一天一天地膨胀。在他拜相后不到三年，就被对手的一份奏折拉下相位，逐出京城，死在岭外。

在一次朝会上，刚刚进京的薛逢站出来了，说杨收辅助皇上有劳有功，不过一些小节有亏，皇上也惩治过了。如今死在岭外，皇上应该恩威、赏惩并用。朝廷当对一生操劳的藏之（杨收字）厚葬。皇上觉得有理，不仅厚葬杨收，还叫人写了颂扬他的墓志铭。

这时，另一位宰相王铎以诸道行营统领的身份，率领三万大军数年里在江陵、潭州、襄阳、螯屋与黄巢起义军作战，一一收复失地扩展疆土，也从蜀地将避难的皇帝请回长安。王铎立下赫赫战功，由他以中书令的身份承制封拜有功将领。这时，曾经做大军监军的宦官田令孜自不量力。觉得自己的功劳不比王铎小，欲夺破贼之功。他在皇上面前中伤王铎，说："王铎一次酒醉，狂言道：'有我王铎，皇上的宝座就坐得稳当。'"田令孜瞄了一眼凝神静听的皇上，接着说："我听王铎话外之音是说，他让皇上坐稳当就稳当，他不想让皇上坐稳当，皇上就……"

唐僖宗听了很不高兴："好一个狂徒，赶出京城去。"

王铎被贬谪外放，做节度使去了。

王铎累世豪家，又为官多年，家财丰厚，姬妾多名。在途经魏州时，魏博节度使乐彦祯礼义相待，像先前的宰相一样款待他。可是其子乐从训贪慕王家财物，动了坏心思。乐公子在恶奴李山甫的挑唆下，在王铎一行三百人离开魏博的路上，设伏于高鸡泊劫持抢掠，一行人悉数杀尽。一代良相、一代战将也死于刀剑之下。

王铎一家惨遭横祸，震惊朝野，虽是议论纷纷，却没有人站出来说句公道话。一次朝会上，官职最小的薛逢说话了，他说："王铎为相，治国安邦，为将拼搏沙场，为国立下赫赫战功。如今国事稍宁，就兔死狗烹，把一位报效国家的忠臣逐出京城，让一家人死在恶吏劣奴的刀剑之下。曾经的大唐，今天怎么变得阴霾茫茫啊！"

小皇帝听了，脸上就不好看。可是不知道该说什么，看看站在一旁的宦官田令孜，田令孜假装震怒："一个小小的太常少卿，竟敢信口胡言，侮我大唐王朝，你是欺负皇上年少吗？给我轰出大殿去。"

恃才傲物、愤世嫉俗的薛逢就这样丢了官，走进民间乡野，以诗酒为乐，写了许多脍炙人口的诗词。有一诗句："长笑士林因宦别，一官轻是十年回。"代表了诗人当时的心情，也是诗人一生的性情。

又过了一些年，薛逢老了，贫病交加。一天，患病的薛逢在长安街上走着，正赶上进士科放榜，新科进士们依次而行。引路的官员见到破衣烂衫的薛逢，便斥责他："躲开，躲开，不知道为国之贤才让路吗？"

薛逢一笑："我在三十年前就中过进士。他们刚刚考取进士，难道这些人就不应该为一个老进士让路吗？"

老了，老了。薛逢依然还是那个性格。

这些新科进士，如若知道薛逢是个怎样仗义执言、愤世嫉俗、正气浩然的人，我想，他们一定会给这位光明磊落的大人让路并且长跪叩拜的。

51　建州刺史

那年，李频被派到武功当县令。

这是一个穷县。民谣说，穷山恶水，九不收（十年里有九年没有收成）。李频到任后，据实上奏朝廷要求免去税赋，组织民众兴修水利，发展农业，武功县几年里就富足起来了。李频因此得到朝廷嘉奖，返京升任侍御史。这个职位他不喜欢，就上表朝廷请求外放到州县，做一些实实在在的事。皇上就叫他到建州做刺史去了。

李频到建州不久，朝廷不断接到建州奏表，内容是相反的。一些奏表说他施暴政、耗民力，另一些奏表则说他勤政施民、兴修河道、治理山河。这样矛盾的奏表几年不断。

皇上好奇，同一个官，同一个地方，怎么会发出两种声音？应该查一查是怎么回事。

于是，朝廷派出几路御史微服私访秘密进入建州。

这里单说北路御史，一位姓王，一位姓刘。两位御史一路车马赶到建州，就换上便装，装扮成商人，走进建州境内。

眼前一条江，叫崇阳溪，是建溪上游的一条支流。二位御史沿江看到一片丰收景象和喜气洋洋秋收的农人。他们走进江边一个村子，村里没有人，显得很安静。走进村中，才见一户人家院里，一位老翁正用一根竹竿子勾树上的柿子。

"老伯，您家树上的柿子真大呀。"御史站在院门外说。

老伯放下手里的竹竿说："啊，是客商吧？"

御史说："是啊，做点小买卖。我们想在老伯家借宿，可方便吗？"

"方便，只是太穷寒，不嫌弃就住下来好了。"老人很热情。

老伯家有三口人，除老两口外，还有一个年轻女子。不知道是女儿，还是媳妇。她里里外外地忙着做晚饭。两位御史发现女子的裙摆下穿着一双白鞋。二人对视了一眼，都没说什么。

晚饭后，御史小心地问老伯："家中好像少一人吧？"

老伯说："说得不错，半年前儿子在崇阳溪上筑坝死了。"

"是官府征夫筑坝吗？"

"是官府调用民工，还是刺史李频亲自调用的哪。"

两位御史就往外引老伯的话。老人也健谈，话就扯开了。

崇阳溪上游都是高山峻岭，一到雨季山洪就下来了，冲垮房屋，淹没良田。少雨的年份，两岸无水灌田。为此常常发生抢水械斗，死人、伤人是常事。那年李频来建州组织修筑崇阳坝。一天，老人正在坝上运石。李频看到了问："老伯，家里没有别人吗？您这么大年纪了，怎么也来干活哪？"

老人说："只有一儿，老汉把他娇惯坏了，好吃懒做，怕他来工地不好好干活，再误了大人的工程啊。"

李频说："今天晚上我去您家住，和您儿子谈谈，可好？"

自这天开始，李频就住他家，与老人那懒汉儿子住同一屋。第二天，那儿子便跟着李频上工去了。没有半个月，他竟像换了个人似的，天天上工，回到家里也知道孝敬老人。老两口看着高兴，李频看着也高兴，就把他的养女玉环许给他做媳妇，说好筑坝完工就成亲。可惜儿子没福，老两口没这个命。忽然有一天，坝上一匹驾辕的马被一条从石缝里钻出来的蛇惊着了，疯狂地在坝上飞奔。儿子奋不顾身上前揽惊马，马被揽住，人却被装满石料的车子压死了。

两个御史听了，沉默无语。王御史说："那给我们做饭的姑娘就是玉环吧？"

老人说："是啊，也是个可怜人。交不起租子，被财主夺去房子赶走。她父女流落街头，父亲还被恶奴打死。一天，玉环拦住刚刚到任的李刺史，状告那恶奴。李刺史为其做主，惩治了那个恶徒。见玉环无依无靠就收为养女。李刺史住我家几个月，便把养女许给我家做儿媳妇。谁想到一场好姻缘就这样生生散了。玉环是个好姑娘，非留在我家里为我们老两口养老送终。哎，苦哇！"

第二天，两位御史看了李频曾经住过的小屋。老人告诉御史："里面有李刺史用过的东西。"两位御史告别老人，离开沿溪村。王御史问："刘兄，咱们还要查访下去吗？"刘御史想了想，说："没那个必要了。"于是，两个御史便打道回府进京报告皇上去了。

派出去的另几路御史也先后回京，查访的结果与王、刘御史一样。有一路是专门查李频施暴政的，查案的情况：李频确实惩办了几个恶吏和欺压百姓的劣绅，有杀的、有关起来的，弄得他们倾家荡产，臭得他们抬不起头来。

皇上听到这些呈报，长叹："我朝能多些像李频这样的贤臣、能臣该多好哇。"

他要恩赏建州刺史李频。

李频初到建州就曾经写过"入境当春务，农蚕事正殷。逢溪难饮马，度岭更劳人。想取烝黎泰，无过赋敛均。不知成政后，谁是得为邻"的诗文。他积极整顿吏治，安定百姓，促进农桑，积劳成疾，最终死于任上。建州百姓为了纪念他，在沿溪村建起一座桥，以李频的字号命名为"德新桥"。

　　建德李家镇是李频的故乡，家乡父老也为他骄傲。1988年建德县在灵栖风景区建"梨岳亭"立李频纪念碑；2010年，李家镇龙乔村民在村里建起李频纪念馆，永远纪念这位为民做好事的先人。

52　十年不窥园

张家中年得子，取名张乔。一家人都很高兴。

张家是书香门第，几代人都读书。张乔的爷爷虽未参加科考，却也是乡里的贤达，一辈子做私塾先生，教书育人。

一天，爷爷坐在书桌前读书，刚刚一岁多的张乔站在一旁，手拿一本书学着爷爷的样子"咿咿呀呀"地"读"起来。爷爷看了拊掌说："好孙子，喜读书，好，甚好哇。"

张乔两岁识字，四岁读诗，五岁就由爷爷启蒙。孩子好学，别家的孩子踢毽、捕雀、藏猫猫，疯了似的玩。张乔却无动于衷，静静地读书写字。十岁时，乡村私塾的爷爷已经教不了他什么了。张乔就叫爷爷、爸爸借书给他读。

为了让张乔能静心读书，父亲在后菜园子里盖了两间小屋。张乔便用心在小屋里读书了。母亲却心疼孩子，除了做些好吃的给他补养，还栽几盆月季、君子兰，摆在孩子书桌子前面的窗台上，让孩子读书累了看花养眼。几盆蓬勃的花没有十天就枯萎了。原因是张乔既不去赏花，也不去给花浇水，一心都在书本上。母亲便在孩子读书的窗外种植了一种叫蜀葵的花。这种花又叫一丈红，也称秫秸花，极耐活，繁殖力强，花色又鲜艳。母亲在窗前只种植了三五株，一年后，小园围墙下长成一排排一丈红，花香扑鼻。到了第三年，满园尽是一丈红，遮风蔽日，花香四溢。可是，一心读书的张乔不看、不闻。

　　春来秋去，花开花落。张乔寒窗苦读过了十年，已经是饱读诗书的学子了。

　　在一个淫雨霏霏的午后，张乔正在窗前读书。忽然从园中花丛里隐隐约约传出两个女子的嬉笑说话声。他把窗户关掉，接着读书。晚上女子们竟然到窗下窃窃私语，搅得张乔一个字也读不进去。

　　第二天，张乔把被搅扰得读不进去书的事告诉了母亲。母亲很是奇怪，园子里怎么会有女子呢？

　　母亲留意了几天，她没有看到有女子来园子里。

　　这天晚上，母亲来了。给儿子屋里的灯添过油，说了几句话就离开了。

第二天吃早饭时，张乔对母亲说："娘，昨天那两个女子又来了，先是在花丛里嬉戏，后来又到窗下说悄悄话。"

母亲疑惑了一天。园子里怎么会有女子来呢？到了晚上还在想这件事：后园子连着前面的院子，来人必定要从前面院子里穿过去的呀，怎么就没有看到过有女子往来呢？想着，想着就迷糊起来。

这时候，忽然有两个女子来到母亲面前，"唰"地跪下说："您是张乔的母亲，也是我们的母亲呀。"

"你们是谁？"母亲问。

女子说："您生育了张乔，您也种植了我们，所以我们都是您的孩子。我们是花仙子呀。"

"啊，是两位仙女呀！"母亲想把两个仙女拉起来。可是她们不起，仍跪着说："我们春来秋去在园子里日晒雨淋，每天浓妆艳抹，香气四溢。可是张兄却不闻不问，连瞧一眼都不肯。我们含羞便早早枯萎，伤心委屈死我们了。"说着嘤嘤地哭。哭得母亲也很伤心。

两个女子哭够了，又换成笑脸说："母亲，就要开考了，您快叫张兄赶考吧，他一定会考中的。"

母亲一听这话，高兴得"呵呵"地笑。一笑就醒来了——原来是一个梦。

几天后，张乔赴京赶考，一考中第。后成为"咸通十哲"之

十年不窺園

辛丑年

一。

张乔中第的第二年，张家园子里的一丈红，花开得蓬蓬勃勃，从谷雨一直开到白露，整整开了多半年。这一年，张乔还是住在园子里那两间小屋。每天都在园中流连、赏花。情到深处，捧一束浓艳的花，放在鼻子下又闻又吻。

白露一过，张乔离家赴任去了。一夜之后，满园的花都不见了。

53　泪洒鹤鸣山

韦庄走出大殿，一步一步走下台阶，见节度判官冯涓站在台阶下面等他。韦庄知道冯涓要和他说什么。

果然，冯涓说："皇上一向尊重士人，也喜欢听他们的谏言。今天却怎么了？谁的话也不听，连宰相您的几句劝言，他都驳回。"说着摇摇头。

韦庄也摇摇头。作为一国之相，不好和下属再多说什么。

割据两川和三峡之地经年的王建，于开平元年（907年）秋天，在韦庄等一大批大臣将佐的支持下建立了蜀国，拥戴王建做了皇上。那时候，韦庄率领百官，痛哭三日，劝进："大王虽忠于大唐，然唐已亡矣。现天意要大王称帝，大王怎敢违天意背民心啊。"

那时候，王建很是感激这些文人贤士，尊重他们，也喜欢采纳他们的谏言。那些前朝大臣和他们的后人也纷纷来蜀国，都被王建重用；劝农桑，薄徭役，兴修水利，发展生产。一时间蜀地呈现出兴旺的景象。

王建尊重文臣，这里有一个故事。独霸一方的岐王李茂贞的势力日蹙。蜀国一些武将们主张出兵攻取凤翔。王建征求大臣们的意见。节度判官冯涓说："兵者凶器，残民耗财，不可穷也。今梁晋虎争，势不两立，若并而为一，举兵向蜀，凤翔蜀之藩蔽，不若与之和亲结为婚姻。无事则务农训兵，保固疆场，有战事则觇其机事，观衅而动，可以万全。"

王建采纳了这个建议，将普慈公主嫁给李茂贞之子李继崇，换来蜀地多年的安宁。

还有一次，王建登兴义楼。一个和尚挖出自己的一只眼睛献上。王建很感动，下令"饭僧万人以报之"。翰林学士张格进谏说："小人无故自残，赦其罪已幸矣。不宜复崇奖以败风俗。"王建觉得有理，就撤销了成命。

可是，人是会变的，权利最会使人变得自负和傲慢。王建做了几年皇帝，就开始听不进谏言了。一些逆耳的话，大臣也更是不敢讲。今天朝议，王建说，公主普慈与丈夫不和，想返回成都，问大家怎么办。大臣们有的谏言召回公主，可是大多人认为不易召回。宰相韦庄说："应该派人去凤翔安抚公主，为两国长治久安计，请公主再委屈些吧。"王建听了这话，大为不悦，竟然当着满朝文武的面驳斥韦庄："此乃家事，宰相无需多言。"

以姻结缘，两国修好，怎么说是家事呢？在韦庄不知道该怎么去说服王建的时候，王建已经把公主接回成都。果然，韦庄担心的事发生了。李茂贞大怒，发兵攻打蜀国，两国战事再起，好不容易缔结的联盟瓦解了。

此事，王建本该西区教训，让言路畅通。可是，他还是听不得不同的意见。一次韦庄对王建说："在国事朝政事上，常有宦官插嘴，这怕不合规矩吧？"

王建看了一眼站在一旁的唐道袭，说："宰相是在说你唐公公吧？"

"是吗？"唐道袭装聋作哑。

王建翻了他一眼，说："唐公公，你听明白宰相的话了吗？放规矩点，要不然宰相会轰你出宫的。"

唐道袭嬉皮笑脸地说："那我就到相府，去伺候韦相爷了。"

大殿里哄堂大笑，一个严肃的事就这样不了了之。

这时的太子是王元鹰，他看出宠臣唐道袭是个奸佞的小人，专门在王建面前巧言献媚，搬弄是非。太子说："等着，我做了皇帝非割掉他的脑袋不可。"不知是谁把这话传到唐道袭的耳朵里了，他"嘿嘿"一笑说："那我就等着太子割我脑袋吧。"

唐道袭纠集一些宦官近臣，到处散布谣言，说太子要谋反。谣言传进王建的耳朵里，他就找来唐道袭问："公公，有传言说太子要谋反，会有这事？"

唐道袭眼睛一转，说："传言嘛，倒是听说了。我却不相信太子会谋反。"又掩住嘴一笑说："不知道为什么，韦相不叫臣下告诉皇上，臣也就不敢多嘴，怕坏了宰相的规矩。"

这话说得很恶毒，把太子和韦庄全装进去了。

没有不透风的墙。第二天，太子就听说唐道袭在王建面前诬陷他的事，惊出了一身冷汗。先下手为强，太子抢先发动了兵变。第一个杀的就是唐道袭，然后再围攻皇城。太子哪里是老谋深算的王建的对手。早有准备的王建调来禁军，包围了太子的人马。太子趁乱逃出去，藏匿在民间，再也找不到了。

被唐道袭狠狠咬了一口的宰相韦庄，哪里还会得到皇上的信任呢。

一天，宫里的阎公公提着一篮子秋梨来了，说是皇帝恩赏宰相的。

韦庄一看阎公公送来的秋梨，就明白了，这是要他离开呀。他急忙跪拜："谢主隆恩。"

阎公公又说："皇上说，宰相辛劳了，应该有一座安居处。要拨款给大人修筑宅院。"

韦庄摇头："谢皇上的恩赐，皇上的钱臣就不拿了。请公公代我谢皇上就是了。"

阎公公回去就把韦庄的话告诉王建了。王建说："不拿就不拿吧，他这是不领朕的情啊。"

王建没有说错，韦庄正是这么想的。他不接这个钱，也就不再欠王建什么。再有什么事，也不好找这个昔日的宰相去运筹帷幄了。

离开成都以后，韦庄一直游历于蜀地山水间，以写诗词为乐。其诗多以伤时、感旧、离情、怀古为主题。词风清丽，音调嘹亮。绝句情致深婉，包蕴丰厚，发人深省。

光天元年（918年），王建再改国号为蜀。不知道为什么，自改国号后，王建就头痛欲裂，眼睛看人都是两个影子。王建退位，把一个岌岌可危的王朝交给儿子王衍。仅仅三个月，蜀国的开国皇帝王建就病故了。

消息传到韦庄耳朵里的时候，他在鹤鸣山的一家道观里默默地为老皇帝王建落了一会儿泪。

那天傍晚，韦庄和道观里的虚�道长喝晚茶，论道人生。虚�道长说："世事难料，繁复叵测。立身成败，在于所染啊。"

韦庄细细琢磨道长的话，想想自己的得失，想想王建的成败，觉得道长的话很有道理。